AF200747

Die Bordsteintauben von Venedig
Bruskettas fünftausendvierhundertdreiundzwanzigster Fall

Die Bordsteintauben von Venedig

Bruskettas fünftausendvierhundertdreiundzwanzigster Fall

Ein Kriminalroman von
Juckel Henke

Bibliografische Information der Deutschen Bibliothek:
Die Deutsche Nationalbibliothek verzeichnet diese Publikation in der
Deutschen Nationalbibliografie; detaillierte Daten sind im Internet über
http://dnb.d-nb.de abrufbar.

Der Roman ist Satire und in allen Bestandteilen Fiktion. Sollten sich darin Ähnlichkeiten mit existierenden Personen, Namen, Orten, Einrichtungen oder Unternehmen finden, sind diese folglich rein zufällig.

Impressum:

© 2017 Juckel Henke
http://www.juckel-henke.de

Lektorat:
Dr. Ulrike Schlieper-Müller
Coverfoto:
Margrid F. Gantenberg / textform-art@web.de
Umschlaggestaltung:
Josip Bulczazck
Spezieller Dank an:
Ursula Jennemann-Henke

Herstellung und Verlag:
BoD – Books on Demand, Norderstedt
ISBN 978-3-7448-1293-1

Als ich endlich zum Mittagessen aufbrechen wollte, klingelte im Kommissariat das Telefon. »Commissario Brusketta, Mordkommission Venedig«, raunzte ich in den Hörer.

»Hallo Bulle«, knurrte mein Gegenüber, »ich komme aus Deutschland und soll euch vergiften, teeren, federn, waschen. Und schließlich legen. Umlegen. Ich denke, du weißt, was ich meine, Bruschetta.«

»Brusketta ist mein Name. Ja und, was habe ich damit zu tun? Sind Sie von Bürgermeister Ascento beauftragt worden? Die Viecher scheißen wirklich alles voll«, sagte ich.

»Unsinn, Bruschetta, ich habe die Tauben mit keinem Wort erwähnt. In der nächsten Zeit wird es hoch hergehen in eurer verdammten Stadt. Schnallt eure Gondeln fest. Du wirst schon bald von mir hören«, zischte der Fremde und legte auf.

Was sollte mir dieser Anruf sagen? Wahrscheinlich wieder so ein psychisch Kranker, der auf sich aufmerksam machen wollte. Aber es sollte ganz anders kommen.

Der 2. November 2018 war ein trüber Tag. Ein typischer Novembertag mit Nebel, Sonne, Wind und Regen. Aprilwetter eben. Es war kurz nach 12 Uhr mittags. Ich saß mit meiner Kollegin Francesca Fraportini-Langenfeld im Sole da Bonito, dem mit Abstand besten Deutschen hier in Venedig. Hubert Kalkreuter, ein weit entfernter Verwandter von Oscar Kalkreuter, dem Erfinder der weltberühmten Kalkreuter Spiralkochtöpfe aus München, war bereits vor 27 Jahren aus Bayern nach Venedig gekommen und brachte die gute deutsche Küche nach Bella Italia. Eine Mischung aus bayerischer Hausmannskost, gepaart mit der Nouvelle Cuisine aus China, mit einem Schuss orientalischem Einschlag haben aus dem Sole da Bonito eines der führenden Feinschmeckerlokale in ganz Italien gemacht. Auch wenn man mich hier in Venedig nicht sehr schätzte, Hubert Kalkreuter war einer der wenigen, die sich freuten, wenn ich jeweils zum Monatsanfang dort auftauchte und mit offenen Händen empfangen wurde. Selbstverständlich bekam ich den besten Tisch zugewiesen. Direkt am Fenster gegenüber des Palazzo Ducale mit Blick auf die Basilika San Giorgio Maggiore, die sich idyllisch auf der vorgelagerten gleichnamigen Insel in der Lagune von Venedig befindet. Man erreicht die Insel nur mit kleinen Ausflugsbooten, die zu unbestimmten Zeiten an verschiedenen Punkten abfahren.

Wir saßen gerade gemütlich beim Gruß aus der Küche, einem Stück Eisbein mit Metaxasauce auf Linsengemüse rot-weiß, als es direkt unter unserem Fenster zu einem Zwischenfall kam. Mit einem lauten Knall zerbarst eine der abgestellten Gondeln. Ich riss meine reizende Kollegin zu Boden und wir verschanzten uns unter dem Tisch. Die Fensterscheiben flogen durch die Wucht der Detonation aus den Rahmen und nach einer knappen halben Minute war der Spuk auch schon zu Ende. Im Restaurant herrschte gegen Mittag Gott sei Dank noch nicht so viel Betrieb.

Nachdem ich mir einen ersten Überblick verschafft hatte, war ich beruhigt. Zumindest hier im

Lokal schien niemand zu Schaden gekommen zu sein. Doch als ich aus dem ehemaligen Fenster blickte, wurde mir ganz anders. Die Detonation hatte ein ziemliches Chaos angerichtet. Auf der Piazzetta San Marco lagen überall Holzsplitter der teils historischen Boote herum. Menschen schrien und liefen verwirrt über die Plätze. Hoffentlich gab es keine Opfer zu beklagen.

Anschließend rief ich direkt im Kommissariat an. Luigi Motta und Pietro Katapultini waren bereits über die Warn-App *Mayday Venice* informiert worden. Also eine App, die auch nützlich zu sein schien. Alles lief nach Plan. Selbst das Innenministerium wusste bereits Bescheid. Nach einer halben Stunde waren sämtliche polizeilichen Einsatzkräfte vor Ort und aus der Luft nahte Verstärkung der Gebirgsjäger des italienischen Heeres per Heli. Nach ersten Ermittlungen kam es nur zu einigen kleinen Verletzungen. Doch leider wurde auch ein Todesopfer beklagt. Zunächst wussten wir nicht, dass es sich dabei um einen Agenten vom Geheimdienst gehandelt hatte.

Es gab nun jede Menge zu tun. Erste Augenzeugen berichteten von einem Fahrradfahrer, der einen Kaffeesack auf eine der Gondeln geworfen haben sollte und mit einem lauten Seufzer in Richtung der kleinen Brücke weiter geradelt sei. Kurz darauf kam es dann zu der Explosion. Manche Zeugen sprachen gar von fünf lauten Detonationen. Ich verspürte plötzlich ein heftiges Vibrieren. Ich wurde unruhig. Aber es war nur mein Smartphone, das sich bemerkbar machte.

»Brusketta«, meldete ich mich.

»Und hier spricht Papst Ritzinger der Letzte«, entgegnete die Stimme am anderen Ende der Leitung.

»Reden Sie kein dummes Zeug, wer sind Sie eigentlich?«, wollte ich wissen.

»Ich wiederhole mich nur ungern«, sagte der Fremde, »hier spricht der Papst aus Karl-Marx-Stadt.«

»Jetzt reicht's«, schnauzte ich mein Gegenüber an, »was wollen Sie, verdammt noch mal?«

»Bruschetta, ich hatte dich gewarnt. Das war erst der Anfang. Wenn ihr meine Anweisungen nicht befolgt, wird es ganz böse enden. Mehr dazu in Kürze.«

Ehe ich etwas erwidern konnte, hatte der unbekannte Anrufer bereits wieder aufgelegt.

Am späten Nachmittag glich Venedig einer Festung und mittendrin ein Haufen unverschämter Journalisten. Unentwegt klingelte in unserem Kommissariat das Telefon. So langsam reichte es mir. Der nächste Anrufer hatte schlechte Karten.

Als das Fernmeldegerät wieder bimmelte, riss ich den Hörer von der Gabel und brüllte den Anrufer an: »Du dumme Sau, weißt du überhaupt, was hier los ist, verfluchter Wichser, kann man nicht in Ruhe seine Arbeit machen? Leg sofort auf, sonst reiß ich dir den Arsch auf.«

»Das glaube ich kaum, mein Herr, hier spricht Innenminister Calzonetti«, drang eine energische Stimme in meinen Gehörgang.

»Wissen Sie denn, wer hier spricht?«, fragte ich kleinlaut.

»Woher sollte ich«, antwortete der Staatsbedienstete.

»Gott sei Dank«, erwiderte ich und legte schnell auf.

Das war gerade noch einmal gut gegangen. Doch jetzt musste ich mich auf meine Ermittlungen konzentrieren.

Für den nächsten Morgen hatte sich Minister Calzonetti angekündigt. Unsere Ministerpräsidentin Isabella Salsiccia sollte auch dabei sein. Mein Chef, Marco Stupido, war ganz aufgeregt.

»Lorenzo«, sagte er »wir dürfen keine Fehler machen. Das mit dem Anschlag gestern könnte der Beginn einer Terrorwelle sein. Höchste Konzentration. Das gilt auch für Sie, Motta.«

Mein Kollege zuckte kurz zusammen und bohrte dann weiter gelangweilt in der Nase.

»Hören Sie auf zu popeln, Himmel noch mal«, schrie Stupido, »machen Sie mich nicht bekloppt!«

Ich sagte nichts dazu, sondern begab mich in mein Büro. Francesca Fraportini-Langenfeld saß vor ihrem PC und schien nach Verdächtigen zu suchen, denn eine der vielen Kameras, die es in Venedig an jeder Ecke gibt, müsste doch etwas aufgezeichnet haben.

Ich trat hinter die hübsche Mittzwanzigerin und schaute ihr über die Schulter.

»Und, hast Du schon was entdeckt?«, fragte ich sie.

»Ja, von Laurel de Paris, ein neuer Duft, den muss ich unbedingt haben.«

Ich glaubte, nicht richtig zu hören.

»Du surfst doch wohl nicht privat umher?«, fragte ich meine Kollegin.

»Lorenzo, ich bitte dich«, säuselte die hübsche Frau und drehte sich mit ihrem Bürostuhl zu mir um. Meine Güte, welch kurzer Rock.

»Brusketta, lass es«, schien mir eine innere Stimme zu sagen.

Francesca klimperte mit den Wimpern und berührte wie zufällig mit ihrem rechten Knie meinen Körper.

»Entschuldige bitte, Lorenzo«, sagte sie und wandte sich wieder den Suchergebnissen zu.

Der Tag verging wie im Flug. Ich hatte gehofft, dass sich der mutmaßliche Täter noch einmal melden würde, aber es blieb ruhig. Stupido war vollkommen ratlos.

»Kein Bekennerschreiben, kein Motiv, keine Toten, das ist doch kein Kriminalroman«, sagte er und knallte die Tür zu seinem Büro hinter sich zu.

Mir reichte es für diesen Tag. Ich fuhr den PC herunter, verabschiedete mich von Francesca, die immer noch ermittelte und wahrscheinlich auch einen passenden Duft bestellen würde. Von Motta lagen nur noch die Popel auf dem Schreibtisch, Kollege Katapultini war ebenfalls schon auf dem Heimweg. Ich nahm meine Jacke und verließ das Kommissariat gegen 21 Uhr.

Als ich zuhause angekommen war, öffnete ich den Kühlschrank und griff nach einem kalten Bier. In einem Schluck kippte ich mir das Gesöff in den Schlund. Das tat gut. Nachdem ich mir noch eine Pizza aufgewärmt und sie verschlungen hatte, ging es mir schon etwas besser. Doch in meinem Schädel ratterte es immer weiter. Was hatten die Täter – oder war es nur ein Verrückter – vor? Es war auch auffällig, dass nach der Explosion keine Tauben erschreckt aufgeflogen waren. Ich musste abschalten.

Wenn man in Venedig an einer kaum befahrenen Wasserstraße wie dem Rio del Megio wohnt, hat das durchaus Vorteile. Schnell zog ich mir meine Bermudas an und öffnete das Fenster. Meine Wohnung befand sich im ersten Stock. Ich räumte die Orchideen von der Fensterbank, setzte mir eine Nasenklammer auf und stand kurz darauf auf dem schmalen Fenstersims. Wie ich es in der Kindheit gelernt hatte, blickte ich erst nach links, dann nach rechts, sah keine Gondeln weit und breit und stürzte mich kopfüber in den Kanal, der etwa einen Meter unter mir lag. Für einen Novemberabend war es schon ganz schön kalt. Da in den Kanal jedoch auch die Abwässer aus halb Venedig eingelassen wurden, ging es mit der Wassertemperatur aber so einigermaßen.

Ich schwamm zunächst in Richtung Biblioteca Museo di Storia Naturale. Auch hier war nicht viel los. Aber das erwartet man um diese Uhrzeit auch nicht mehr. Lediglich die Touristen, die in der Stadt übernachteten, polterten durch die engen Gassen. Vom Museum hat man einen schönen Blick auf das Casino, das gegenüber auf der anderen Seite des Canal Grande steht. Hell erleuchtet ist es auch nachts zu sehen. Ich weiß nicht mehr warum, aber ich hatte das Gefühl, dass dort drüben im Casino gleich etwas passieren würde. Kurzerhand durchquerte ich den Canal Grande, der an dieser Stelle gerade mal 35 Meter breit ist und erreichte vier Minuten später das Ufer vor dem erleuchteten Palast. Als ich nach oben blickte, sah ich nur noch, wie ein Strahl Wasser in meine Richtung plätscherte. Es war zu spät und ich konnte den Mund nicht mehr rechtzeitig schließen. Ich hörte, wie ein Reißverschluss zugezogen wurde. Anschließend verschwand ein Mann, der offenbar seine Notdurft verrichtet hatte, im Dunkel der Nacht. Natürlich kochte ich vor Wut. Ich stemmte meinen Astralkörper gegen die Bordsteinkante und hievte mich selbst aus dem Wasser.

»Ey, du alter Penner«, schrie ich hinter dem Pisser her, »bleib stehen, sonst geht es dir an den Kragen.«

Der Mann ließ sich jedoch nichts anmerken und verschwand schließlich im Casino. So wie ich aussah, hatte ich kaum eine Chance, in den Spielertempel eingelassen zu werden. Also zog ich unverrichteter Dinge wieder ab. Mit einer Arschbombe und einem doppelt gesprungenen Auerbach tauchte ich erneut in die Fluten ein und schwamm zu meiner Wohnung zurück.

Nachdem ich mich abgetrocknet und wieder angezogen hatte, goss ich mir erst einmal einen Martini ein. Ich gab noch ein Pinnchen mit Absinth hinzu, rührte erst das Glas, trank und schüttelte anschließend mich. Irgendwie musste ich an einen britischen Geheimagenten denken. Wenn ich mal so schlau wäre wie er, aber Venedig ist eben Venedig. Hier waren schon ganz andere Kommissare gescheitert. Das sollte mir natürlich nicht passieren.

Nachdem ich die Flasche geleert hatte, trank ich noch ein Alsterwasser, rauchte eine Havanna, stellte den Wecker auf sieben Uhr und fiel danach müde in mein Bett.

Am nächsten Morgen brummte mein Schädel und ich hatte einen unangenehmen Geschmack im Mund. Also ab ins Bad und Zähneputzen. Die Glocken – und davon gibt es in Venedig wahrlich genug – raubten mir schon am frühen Morgen den Nerv. Ich wollte gerade das Fenster schließen, da sah ich, wie eine Horde aufgescheuchter Tauben gen Himmel flog. Irgendwas musste sie erschreckt haben. Es machte plötzlich zweimal kurz hintereinander »Plopp« und mein Badezimmerspiegel zerbarst in tausend Einzelteile. Eindeutig, jemand hatte versucht, mich zu erschießen. Der Tag fing ja prima an.

Ich kroch aus dem Badezimmer, nahm meine Dienstwaffe, die auf dem Sofatisch lag und schoss mir das Licht aus, obwohl ich eigentlich kein Revolverheld bin. Im Radio lief eine Platte, die ich nicht mochte. Also schoss ich auch das Radio aus. Es kratzte an meiner Tür. Was tun? Sicherheitshalber feuerte ich in den unteren Türbereich, wo normalerweise die Füße eines Menschen sind. Ich hörte jedoch nur ein lautes »Miau«. Tote Katze am Morgen vertreibt Kummer und Sorgen. Ich war gespannt, was heute noch alles passieren würde.

»Morgen zusammen«, grüßte ich höflich, als ich das Büro betrat. Francesca streifte wie zufällig mit ihrem Unterarm meinen Hintern. Sie kniff mir ein Auge zu und begab sich an ihren Schreibtisch. Und dann dieser Duft. Die Frau hatte Geschmack. Nicht wegen des Parfums, vielmehr wegen ihres Unterarms. Ich sollte mich gefälligst zusammenreißen.

Um neun Uhr mussten wir alle antanzen. Stupido lud zur Lagebesprechung. Er sah etwas übernächtigt aus. Als wir alle beisammen saßen, klopfte es an der Tür. Instinktiv riss ich meinen Revolver aus dem Halfter. Bevor ich abdrücken konnte, schlug mir Katapultini die Waffe aus der Hand. Ein kluger Mann. Denn Ministerpräsidentin Salsiccia und Innenminister Calzonetti, der wie zusammengeklappt aussah, betraten durch die winkelförmig geöffnete Tür den Raum.

Stupido schleimte sich sogleich heran: »Kaffee, Exzellenz? Cappuccino, Herr Innenminister?« Nach ein wenig Smalltalk ging es dann richtig zur Sache. Calzonetti hatte in Windeseile einen Krisenstab zusammengestellt und nachdem drei hohe Geheimdienstleute nacheinander über das bisher zum gestrigen Zwischenfall bekannt Gewordene berichtet hatten, wussten wir danach schon viel mehr. Eins war nun klar. Hinter diesem Anschlag steckte kein Einzeltäter, vielmehr hatten wir es mit einer der gefährlichsten Banden Europas zu tun. Der Carne-Bande. Der Servizio per le Informazioni e la Sicurezza Militare, kurz SISMI genannt, war der Gang auf den Fersen.

Calzonetti begann mit seinem Referat: »Wir vermuten, dass der Kopf, oder soll ich sagen Köpfin dieser Carne-Bande die 39-jährige Sizilianerin Maria Carne ist. Sie ist das älteste von sieben Kindern Giovanni Carnes, dem Inhaber von einer der führenden Metzgerei-Ketten Siziliens. Weiterhin beobachten wir Federico Colombaia, Fastfood-Magnat, Elzbieatta Vacchetta und Emilio Sciattone, zwei uneheliche

14

Kinder von Augusto Canossa, seines Zeichens Wurstfabrikant in Rom.

Seit Langem geht das Gerücht um, dass diese vier Personen mit dem Preisverfall auf dem Fleischmarkt zu tun haben. Eine Art Kartell, das nach Belieben die Preise manipulieren kann und damit auf dem Börsenparkett für Unruhe einerseits aber auch durch Spekulationsgewinne anderseits Gewinne in horrenden Summen machen kann. Es ist ein Firmenkonglomerat ohnegleichen. Das Wirtschaftsministerium hat diese Bande, die man in Ganovenkreisen die »B-Fleischtruppe« nennt, seit langem in Verdacht. Nachweisen konnte man ihnen bislang jedoch nichts. Über einen eingeschleusten V-Mann wären wir fast an erste Erkenntnisse gelangt. Aber wie wir seit gestern wussten, hatte sich unser Verbindungsmann im wahrsten Sinne des Wortes in Luft aufgelöst. Er war einer der besten Männer des SISMI. Was uns nach wie vor rätselhaft erschien, ist die Tatsache, dass wir nicht wussten, warum es zu dieser Explosion gekommen war. Es war kaum anzunehmen, dass man die Bevölkerung verunsichern wollte, sicher war nur, dass es sich bei dem Anschlag um einen gezielten Angriff auf unseren V-Mann gehandelt hatte. Woher der oder die Attentäter einen Wink bekommen hatten, dass man sie beobachtete, war mir nicht bekannt. Wir würden weiter ermitteln. Aber wie wir gesehen hatten, waren das skrupellose Verbrecher, die vor nichts zurückschreckten. Sehr merkwürdig die ganze Geschichte. Meine Damen und Herren, ich zähle auf ihre Mithilfe und vor allen Dingen auf ihre Diskretion. Sobald wir etwas Neues erfahren, werden wir Hauptkommissar Stupido unterrichten. Ab Montag stellt das Innenministerium Ihnen einen Mitarbeiter zur Verfügung, der die Ermittlungen in dem Fall dann in Zusammenarbeit mit Ihnen leiten wird. Hiermit rufe ich das SEK Wojtala ins Leben. Mögen wir unseren Feinden das gleichnamige ab sofort zur Hölle machen. Panzer, Raketen, Signalhaubitzen, Infanterie, Marine, Granaten und notfalls auch Pfefferspray stehen Ihnen jederzeit zur Verfügung. Ich danke Ihnen!«

Innenminister Calzonetti war zur Hochform aufgelaufen. Sein Kopf leuchtete knallrot und Schweißperlen, ach was, Schweißbäche liefen von seiner Stirn bis tief hinunter in seine Springerstiefel.

Ministerpräsidentin Salsiccia war sehr angetan von ihrem Innenminister: »Bravo Calzonetti, großartige Rede. Es lebe das italienische Volk, Hossa.«

Wer bislang noch nicht wusste, warum unsere Ministerpräsidentin von vielen scherzhaft als Signora Gildo bezeichnet wurde, kam der Sache nun ein wenig näher. Hossa!

Am Wochenende wollte ich für nichts und niemanden zu erreichen sein. Also nahm ich schon am frühen Morgen ein Gondeltaxi und ließ mich über Umwege - man konnte ja nicht wissen - durch die kleineren Kanäle kutschieren, stieg dann auf ein kleines Motorboot, um auf der Landzunge des Lido Venezia, kurz hinter Piazzale Malamocco in der hervorragenden Trattoria Don Boskoop zu frühstücken. Außer mir war an diesem Novembervormittag nur eine Handvoll Touristen in dem Lokal, das in vielen

Reiseführern als Top-Frühstücksadresse außerhalb des Tourirummels angepriesen wird und seitdem Top-Rummeladresse ist. Heute war das jedoch nicht der Fall. Mir sollte das recht sein. Schließlich freute ich mich auf ein ruhiges Wochenende.

Nachdem ich ausgiebig gegessen hatte, ging ich noch ungefähr 300 Meter weiter in Richtung des ehemaligen Fischerhafens. Vor einem alten Schuppen, der vom Verfall bedroht war, blieb ich stehen. Ich schaute mich kurz um, ob mir jemand gefolgt war. Das war nicht der Fall, also lehnte ich mich mit meinem Rücken gegen das morsche Eingangstor und wäre fast mit der Tür ins Haus gefallen. Mit einem lauten Geknarrze drückte ich das morsche Teil hinter mir zurück ins Schloss. Ich befand mich in einem relativ hohen Gebäude. In dem Schuppen gab es einen weiteren kleinen, abschließbaren Bootsplatz. Schon als Kind hatte ich hier immer gerne gespielt. Daher wusste ich auch, dass man durch einen abgelegenen Hintereingang in das Bootshaus gelangen konnte. Ich staunte nicht schlecht, als ich plötzlich vor einem kleinen U-Boot stand. Zirka acht Meter lang und einsfünfzig breit. Eigentlich hatte ich hier ein Schlauchboot erwartet, mit dem man am Wochenende, wenn Signor Callistro, ein verschrobener alter Mann, der früher als Fischer arbeitete und heute als Touristenführer vor dem Markusplatz Touristen umherführte, nicht anwesend war, doch stattdessen wurde das hier ein Schachtelsatz, aus dem ich erst wieder herausfinden muss, um zu sagen, was ich eigentlich sagen wollte. Nämlich, dass man mit diesem Schlauchboot schön vor der Lagune umher schippern konnte. Aber nun dieses U-Boot? Ich war in meinem ganzen Leben noch nicht mit einem U-Boot gefahren. Aber einmal ist immer das erste Mal. Flugs öffnete ich den Turm, der als Einstieg diente. Über eine kleine Eisenleiter gelangte ich dann in den Rumpf des Schiffes.

»Bitte nicht öffnen«, stand vor den kleinen Bullaugen, die sich im Abstand von 80 Zentimetern auf der rechten Seite des Unterwasserbootes befanden.

»Bitte nur vor der Tür rauchen«, prangte in einer weiteren Schilderbotschaft an der leicht angerosteten Wand.

»Wir dürfen hier nicht rein«, »Fußballspielen verboten«, »Veteranen haften für ihr Alter«, »Vorsicht, frisch gestrichen« und »Im Westen nichts Neues«, so lauteten weitere gelbe Hinweisschilder, die wahrscheinlich irgendein Witzbold hier installiert hatte.

Mich interessierte vielmehr, wie ich das Gefährt in Gang setzen konnte.

Nach einigem Hin- und Hergesuche stand ich schließlich vor einem versenkbaren Fernrohr. Auf der rechten Seite befand sich in Hüfthöhe ein Zündschloss. Und siehe da, der Schlüssel steckte. Ich drehte das silberne Teil nach links, nichts tat sich, ich drehte das Teil nach rechts. Ah!! Es tuckerte. Nachdem ich den Vorgang fünf- bis achtmal wiederholt hatte, sprang der Kahn tatsächlich an.

Aus einem kleinen Lautsprecher hörte man eine Stimme: »Bitte den Ausguck schließen. Schnallen Sie sich an und begeben Sie sich an Ihre Positionen. Wir werden nun sinken.«

Ich betätigte einen kleinen grünen Hebel und drückte den Griff nach vorn. Schon bemerkte ich, dass sich das Boot in Bewegung setzte.

Mit dem Kopf nach unten tuckerte es in Richtung Schuppenende. Durch das Ausguckrohr konnte ich sehen, dass wir uns bereits zu 90 Prozent unter Wasser befanden. So langsam machte mir die Sache Spaß. Nach drei Minuten war ich komplett abgetaucht. Erstaunlicherweise befanden sich GPS und ein Echolot-Gerät an Bord. Wie ich es von einem Navigationsgerät am Auto kannte, gab es unter dem Menüpunkt *Weitere Einstellungen* den Befehl *Frühere Fahrten*. Dort erschien nur ein Name: Poveglia. Ich schluckte. Was in aller Welt hatte der Besitzer beziehungsweise der Fahrer auf der verwunschenen Insel, die kurz vor Venedig liegt, zu suchen gehabt? Mein kriminologisches Gen machte sich bemerkbar. Das merkte ich daran, dass mein rechter Hoden sich auf und ab bewegte.

»Schiff ahoi«, dachte ich und bestätigte das Navigationsziel *Poveglia*.

Wer sich jemals mit der Geschichte dieser Insel beschäftigt hat, der weiß, warum ich ein komisches Gefühl in der Magengegend hatte. Als im 17. Jahrhundert die Pest wütete, wurden sämtliche Leichen aus Venedig hinüber nach Poveglia geschafft, wo sie von Hilfskräften verscharrt wurden. Nach und nach karrte man aber auch Gesunde auf das vermaledeite Eiland. Heutzutage nennen die Krankenkassen so etwas Prävention. Die armen Menschen starben ohne Grund. Der Sage nach spukt es seitdem auf der Insel und es soll tatsächlich schon zu mysteriösen Todesfällen gekommen sein. Viele Neugierige, die Poveglia betraten, kehrten nie wieder zurück. Aber ich befand mich auf dem besten Wege, die Insel zunächst einmal zu betreten. Das U-Boot lag gut in der Hand und nach einer schnellen Fahrt mit ca. 350 Stundenkilometern war ich bereits nach eineinhalb Minuten in der Nähe des ehemaligen Anlegers. Ich war gespannt, was mich auf der Toteninsel erwarten würde.

Als ich aufgetaucht war, sah ich zunächst ein Plakat mit der Aufschrift: »Ami go Home!!«

Glück gehabt, denn ich war ja kein Ami, sondern Commissario Brusketta auf dem Weg ins Wochenende. Und das Ende schien tatsächlich nicht mehr weit zu sein. Kaum hielt ich den Kopf aus dem Turm, spürte ich den Luftzug, den eine Pistolenkugel erzeugt, wenn sie knapp das linke Ohrläppchen verfehlt. Zack, schnell die Klappe zu und nix wie untertauchen! Metall prallte auf Metall. Das schien eine Maschinenpistole gewesen zu sein. Ich war froh, als ich wieder unter Tage war. Ich beschloss, zurück in den Heimathafen zu fahren, um mich anschließend direkt ins Präsidium zu begeben und Bericht zu erstatten. Das Wochenende war für mich gelaufen.

Katapultini, der an diesem Wochenende Dienst hatte, schüttelte nur ungläubig den Kopf.

»Lorenzo«, sagte er, »nie im Leben würde ich auf die Idee kommen, Poveglia zu betreten. Syphilis, Pest, Cholera, Diphtherie, Masern, Windpocken und noch schlimmer: Spliss. Alles unheilbare Krankheiten. Alter, du hast verdammt viel Glück gehabt. Ich möchte gar nicht wissen, wer dort auf dich geschossen hat.«

Ich erinnerte mich sofort an einen Film aus meiner Jugend: »Die Nacht der reitenden Leichen«. Aber ich hegte auch einen Verdacht. Vielleicht gab es ja auf dieser Insel einen Zusammenhang mit dem Vorfall am Montag hier bei uns in Venedig.

Obwohl wir am nächsten Tag mit mehreren Polizisten die Insel durchkämmten, konnten wir niemanden auf diesem verhassten Eiland entdecken. Also legten wir den Vorfall erst einmal unter »ferner liefen« ab. Ich musste aber noch das Bürokratische erledigen. Ich schrieb ein Protokoll, füllte einen Dienstreiseantrag aus, anschließend das Formular »Unvorhergesehene Unkostenerstattung für ausgefallene Wochenenden«. Für die Frühstücksrechnung benötigte ich eine Essenszuschussanfrage und für den Geheimdienst eine detaillierte Beschreibung der U-Bootfahrten.

Gegen 22 Uhr war ich wieder in meiner Wohnung. Ich schaltete den Fernseher ein und staunte nicht schlecht, als ich auf RAI 6 als Breaking News im Laufband am unteren Bildschirmrand lesen konnte: »Fleischvergiftung bei Fastfoodkette – Bislang 27 Tote und über 120 Vergiftete«. Keine Minute später klingelte das Diensthandy.

»Commissario Brusketta, was kann ich für sie tun?«, fragte ich.

»Morgen Abend wird die Rialto-Brücke gesprengt«, sagte eine verstellt klingende Stimme und kurz darauf hörte ich nur noch ein Besetztzeichen. Auf RAI 6 gab es schon wieder Neuigkeiten: »Rialto-Brücke gesprengt – Wir berichten in Kürze«. Wieder klingelte das Telefon.

»Es tut mir leid, Bruschetta, meine Uhr geht offensichtlich nach. Hahahaha!«

Was für ein Blödmann, dachte ich, schnappte mir meinen Übergangsmantel und begab mich sofort in Richtung Rialto-Brücke.

Als ich dort ankam, gab es die Brücke nicht mehr. Eines der Wahrzeichen Venedigs war Mir nix Dir nix in die Luft gejagt worden. Die ersten Krankenwagen hatten den Ort schnell erreicht. Um diese Zeit liefen zum Glück kaum noch Menschen durch die Stadt.

Mein Chef gab bereits die ersten Interviews, denn in Italien sind die Papperazzen stets mitten im Geschehen.

»Brusketta, kommen Sie«, sagte Stupido, als er mich sah.

Er zog mich zu sich heran und zischte »Alarmstufe 3« in meinen Gehörgang. »Lassen Sie uns direkt ins Office gehen. Und Sie, Motta, halten uns die Reporter vom Leib.«

Motta nahm seinen Daumen aus der Nase und stammelte: »Si, si, Capitano!«

Er nestelte an seinem Pistolenhalfter, riss die Schmidt- und Nesson-Waffe hervor und schoss dreimal in die Luft.

Eine Menge aufgescheuchter Tauben hob ab und verschwand ebenso wie einige neugierige Passanten, die sich nach und nach am Tatort eingefunden hatten.

Kaum saßen Stupido und ich im Büro, erreichte uns die nächste Hiobsbotschaft.

Innenminister Calzonetti rief an. Er berichtete von einem weiteren Anschlag in Rom.

»Stellen Sie sich das einmal vor«, überschlug sich seine Stimme, »da haben die Ganoven doch tatsächlich dem Neptun in der Fontana di Trevi den Kopf abgeschlagen und ihm stattdessen einen Spiderman-gipskopf aufgesetzt. Wir machen uns doch so langsam zum Gespött der Leute.«

Stupido war beruhigt, als er die Geschichte hörte.

»Das war wahrscheinlich nur ein Pennälerstreich. Wenn es mehr nicht gewesen ist! Herr Innenminister, wir müssen klaren Kopf bewahren. Auf Wiederhören.«

Hut ab, das hätte ich meinem Chef nicht zugetraut. Er, der sonst immer so ängstlich war, er blieb total cool. Ich bemerkte jedoch, dass er sich einen Strohhalm aus der Küche holte, eine Linie mit weißem Pulver auf die Schreibtischkante zeichnete und seinem Zinken eine Prise davon gönnte. Gut, dass Motta draußen Dienst hatte.

Die Nacht verging wie im Flug. Immer neue Einzelheiten drangen ans Licht. Und gegen fünf Uhr in der Früh sahen wir schon etwas klarer.

»Wir haben jetzt fünf Bekennerschreiben«, sagte Stupido, »am ehesten würde ich auf die Gruppo pro Peninsularis tippen.«

»Warum?«, wollte ich wissen.

»Weil genau diese Aktivisten seit über fünf Jahren für die Übergabe der Insel Poveglia an die arbeitende Bevölkerung sind. Außerdem halte ich die immer noch für am sympathischsten«, ereiferte sich mein Vorgesetzter.

Als er seinen Kopf am Schreibtisch etwas nach links drehte, erinnerte mich sein Profil irgendwie an

Che Guevara. Als er aufstand jedoch eher an Rainer Calmund. Aber das waren nun mal Bagatellen und die gehören nicht in einen Kriminalroman.

Den ganzen Tag über trafen Hinweise aus der Bevölkerung ein. Und immer wieder tauchte der Name Maria Carne auf. Mehrere Zeugen hatten die Chefin der Carne-Bande zur Tatzeit, als die Brücke in die Luft flog, angeblich auf einem lila Motorboot mit einer Deutschlandfahne am Bug durch die engen Wasserstraßen rasen sehen. Was aber wollte die Bande mit den Sprengungen bewirken? Sollte die Fremdenverkehrsindustrie geschädigt werden. Das würde Sinn machen, denn schließlich wehrte sich der Bürgermeister von Venedig seit Jahr und Tag gegen die Eröffnung von Restaurants der Fastfoodkette von Carne und Konsorten. Und seit Jahr und Tag versuchte die Carne-Bande die politisch Verantwortlichen für ihre Sache gefügig zu machen.

»Je länger ich darüber nachdenke«, sagte ich und blickte zu Kollegin Fraportini-Langenfeld, »je länger ich nachdenke, desto mehr komme ich zu dem Schluss, dass Oppositionsführer Dulce geschmiert worden sein muss.«

»Geschmiert?«, fragte meine Kollegin und klickte mit der Maus auf den »Jetzt Kaufen«-Button.

»Ja, es läuft wie geschmiert, ich habe mir gerade noch eine Feuchtigkeitscreme mit Hyaluron bestellt. Die Anti-Aging-Creme von Verrutschi hatte meine schöne Haut voll krass ausgetrocknet.«

Ich hatte das dumme Gefühl, dass die gute Francesca nicht so ganz bei der Sache war. Zumindest nicht bei der Sache, die für uns relevant gewesen war.

Also versuchte ich, alleine im Netz zu recherchieren. Je tiefer ich mich in die Untiefen des World Wide Webs vertiefte, desto mehr erfuhr ich über diesen alten Bekannten: Alberto Dulce.

Dass er schwul war, wusste halb Venedig. War auch vollkommen normal. Dass er drogenabhängig war, war mir jedoch neu.

Auf einer Seite im Darknet, über die man an Drogen jeglicher Art gelangen konnte, kam nach einem Klick auf Heroin, 1-A-Qualität, plötzlich der Hinweis: »Kunden, die Heroin bestellten, bestellten auch den Killer Bruno Balani.«

Bei den Bewertungen des Killers stieß ich auf eine 5-Sterne-Kritik eines gewissen Alberto D. aus Venedig. Auszugsweise lobte er den Kriminellen in höchsten Tönen.

»... er lieferte pünktlich. Saubere Ausführung, keine Rückstände, termingerechter Auftragsmord. Wenn es was zu kritisieren gab: Der Killer roch stark nach Nikotin. Da ich aber selbst Raucher bin, war das für mich keine Abwertung wert. Ich würde Bruno Balani jederzeit wieder beauftragen ...«

Na, wenn das mal kein Hinweis war. Vor einem halben Jahr war die Frau von Killer Balani auf ungewöhnliche Weise ums Leben gekommen. Sie fiel beim Gardinenbügeln von einer kleinen Trittleiter, die sie aber überhaupt nicht nötig gehabt hätte, da Balanis Frau 2,18 groß war. Beim Sturz fiel sie wohl unglücklich auf das Bügeleisen und verbrannte sich die rechte Gesichtshälfte. Als sie um Hilfe schrie, stolperte die herbeigeeilte Nachbarin, die gerade Hühnerbeine ausbeinte, über das langgestreckte Bein

25

der Killergattin und stach, statt in ein weiteres Huhn, in die gestürzte Frau. Das Messer, eine Klinge aus Solinger Stahl, rostfrei, scharf wie ein Schwert, steckte in Höhe des Herzens. Doch bevor der sofort herbeigerufene Notarzt erst nach zwei Stunden eintraf, weil es Rushhour in den Kanälen gab, verstarb die Frau in den Armen ihres Gatten, der von der Nachbarin informiert worden war.

Die Untersuchungen wurden damals von Oliver Koperni, einem der vielen Vorgänger meines jetzigen Chefs, geführt. Zwei Tage später fand man Koperni mit einem Genickschuss niedergestreckt in einem Keller unter dem Dogenpalast wieder. Der Fall wurde schließlich sehr schnell ad acta gelegt. Seitdem sind die Akten auch nicht mehr auffindbar gewesen. Aber diese Hinweise im kriminellen Netz, die sollten doch weiter verfolgt werden. Ich begab mich auf weitere Erkundungen in diesem Sumpf des Unrechts. Und ich sollte Recht bekommen, recht bald.

In unserer Lagunenstadt war es kalt geworden. Ich hüstelte vor mich hin. Die Nase lief in einer Tour. Motta hätte sicherlich Spaß gehabt. Immer wieder zog ich meinen Rotz hoch. Das hörte sich nicht gut an und machte keinen guten Eindruck. Als ich schon fast vor meiner Wohnung angekommen war, hörte ich vertraute Klänge an mein Ohrlicht dringen. Jetzt nahm auch das Sinnesorgan Auge an der Performance teil. Unter einem geschützten Mauervorsprung am Palazzo Duodo stand Ciriaco Fritzpatrick, der bekannteste Straßenmusiker Venedigs. Er beherrschte mehr als ein Dutzend Musikinstrumente. Heute intonierte er »Mer losse de Domm in Köl-

26

le«, obwohl der Karneval erst noch bevorstand. Er spielte den Titel auf einem Akkordeon aus dem 18. Jahrhundert. In seinem Hut, der als Marketinginstrument den Bereichen Distribution und Cash-Flow zuzuordnen war, lagen ein paar Münzen und eine 500-Euro-Note. Ich lauschte ein wenig der Musik, die etwas Wärme in meinen geschundenen Körper zauberte, öffnete meine Geldbörse und warf ein 1-Eurostück in seine geöffnete Kasse. Ciriaco nuschelte ein »Grazie« und musizierte eifrig weiter. Dann machte ich mich auf den Weg zu meiner Wohnung. Mir ging es überhaupt nicht gut. Nach einer qualvollen Nacht begab ich mich sofort zu meinem Hausarzt Doktor Pertosse in Höhe des Calle Colombo. Als ich die Tür zum Wartezimmer öffnete, traf mich der Schlag. Schätzungsweise 20 Personen bevölkerten den viel zu kleinen Raum. Ich blickte mich in der Runde um. Rechts in der Ecke vor dem Behandlungszimmer saßen Romano Scrittore und Alesandro Cappuccini, zwei der bekanntesten Krimiautoren Venedigs.

Ich hörte, wie Cappuccini zu Scrittore sagte: « … und weißt du, welche Diagnose der Blödmann gestellt hat, Romano?«

»Das wirst du mir sicherlich sagen, mein Freund«, erwiderte sein Kollege, »Stilbruch, ich hätte Stilbruch! So eine Unverschämtheit.«

Sie quasselten in einer Tour und ich versuchte einfach nicht zuzuhören.

Drei Stunden später verließ ich die Praxis mit der Diagnose »Grippaler Infekt«. Der Doktor hatte mir strikte Bettruhe verordnet. Und tatsächlich, nach zehn Tagen ging es mir schon wieder deutlich besser. Die Kollegen hatten mir kaum Neuigkeiten zu berichten. Es schien so, als habe die Bande nur darauf gewartet, dass ich wieder fit war. Doch zunächst wussten wir nicht so recht weiter.

Nach zwei Wochen waren wir immer noch nicht viel schlauer.

Alberto Dulce hatte ein astreines Alibi für den 2. November. An diesem Tag weilte er in einer Gay-Bar in Monaco. Georges Frederique, einer der bekanntesten Partylöwen Monacos, hatte zur Eröffnung geladen. Und in einschlägigen Kreisen munkelte man schon lange, dass Dulce und Monaco-Fritze, wie er in seiner Stadt genannt wurde, ein Verhältnis miteinander hatten.

Blieb immer noch das Rätsel um Maria Carne, die ja von mehreren Zeugen gesehen worden sein sollte. So sehr wir uns auch bemühten, wir tappten vollkommen im Dunkeln, was den Aufenthaltsort von der mutmaßlichen Chefin der Carne-Gang betraf. Aber wir blieben am Ball.

Ansonsten war es im November ruhig hier in Venedig. Das sollte sich aber im nächsten Monat am Nikolaustag, dem 6. Dezember 2018, schlagartig ändern.

Seit dem Mittelalter ist es in Venedig üblich, dass die Schulkinder am 6. Dezember ihre Sonntagsausgehschuhe auf Hochglanz putzen, um dann den rechten Schuh nach Einbruch der Dunkelheit ins Wasser zu lassen. Aus allen Seitenarmen der Wasserstraßen schippern dann Schuhe in den Canal Grande. Gondolieri mit roten Mützen, angeklebten Bärten und einer Bratpfanne, die im Schlepptau hinter den Gondeln hergezogen werden, treiben die Schuhe dann bis zur Höhe des Rio de Noale. Wenn dort alle Schuhe beieinander sind, werden diese vor dem Ristorante a Beccafico Arte aus dem Wasser gezogen und auf einen aufgeschichteten Heuhaufen zu einem riesigen Scheiterhaufen übereinander gestapelt. Die Boote legen an, die als Weihnachtsmänner verkleideten Gondelfahrer nehmen dann die Pfannen, die vom diensthabenden Priester gesegnet und anschließend mit Knoblauch eingerieben werden. Dann wird Benzin, Super bleifrei, über das Heu und über die Schuhe gegossen und der Koch des Restaurants kommt mit einer brennenden Fackel aus dem Lokal und wirft diese sogleich in den Halbschuhhaufen. Kurze Zeit später leuchtet das Feuer so hell, dass man es noch bis Murano sehen kann. Doch das ist erst der Anfang. Die Gondolieri schreiten dann mit den Pfannen auf das Feuer zu, halten diese für knapp fünf Minuten ins Feuer und schlagen dann mit den Böden der Pfannen auf den Boden und singen »What shall we do with a drunken Sailor?«

Um 23 Uhr kommt dann ein Beerdigungsschiff vom gegenüberliegenden Cimitero Ortodosso Greco, dem orthodoxen Griechischen Friedhof, vorgefahren. Nach mehreren Gebeten und etlichen Flaschen Ouzo wird die Asche der Schuhe, die noch warm sein muss, mit dem Schiff zurück bis vor den Friedhof gefahren.

Griechische, italienische, französische, chinesische Geistliche, evangelische, katholische und orthodoxe und paradoxe Gläubige tanzen dann Tango, und als Höhepunkt wird Punkt 12 um Mitternacht »Nikolaus komm in unser Haus ...« gesungen.

Worauf sich dieser Brauch stützt ist nicht überliefert. Vermutlich hat man einfach einen Grund gesucht, Spirituosen zu sich zu nehmen. Warum die Kinder am nächsten Tag jedoch nur mit linken Schuhen durch Venedig laufen, ist bekannt. Die rechten Treter sind ja am Abend vorher verbrannt worden. Soviel zu den geschichtlichen Zusammenhängen.

An diesem 6. Dezember 2018 freute sich also halb Venedig auf den Nikolausabend. Alles schien wie immer zu verlaufen. Doch als der Koch aus dem Restaurant die Fackel in die mit Benzin getränkten Schuhe warf, gab es zunächst einen lauten Knall und anschließend eine Riesenstichflamme.

Zerfetzte Schuhe flogen durch die Luft. Alles brannte lichterloh. Menschen rannten wie wild durcheinander und schrien sehr laut.

Ich stand in unmittelbarer Nähe des Restaurants und konnte die ganze Szene gut beobachten. Für mich war sofort klar, dass hier mit Brandbeschleunigern gearbeitet worden war. Der Scheiterhaufen war ratzfatz niedergebrannt.

Als das Feuer sich etwas beruhigt hatte, konnte man erkennen, dass es nicht nur rechte Schuhe waren, die dort den Flammen zum Opfer gefallen waren. Man mochte gar nicht lange hinschauen, aber mitten in dem lodernden Feuer war ein verkohlter Menschenkörper zu erkennen. Ehe ich mich dem Geschehen weiter nähern konnte, klingelte mein Handy. Unterdrückte Nummer. Diesen Anrufer kannte ich mittlerweile.

Um ihn aus dem Konzept zu bringen meldete ich mich mit: »Bruschetta, was kann ich für dich tun, du Drecksack?«

Zunächst blieb es still, doch dann antwortete der Unbekannte: »Haha, Bulle, schön, dass dir noch zum Scherzen ist. Wir hatten Euch gewarnt. Und dass es dich nach Poveglia verschlagen hatte, das war ein Fehler. Betrete diese Insel nie wieder, sonst werden wir dafür sorgen, dass du auch so enden wirst wie der angekokelte Weihnachtsmann heute. Und falls du zuhause deinen linken Schuh suchen solltest, den haben wir in unserer Gewalt, Nikolaus kommt bald. Ciao Bruschetta!«

Äußerst merkwürdig die ganze Geschichte! Was sollten uns diese Anschläge sagen? Was bezweckten die Ganoven mit den Aktionen und warum gab es keine Forderungen und überhaupt, was wusste der SISMI?

Auf dem Rückweg sah ich Ciriaco Fritzpatrick unter einer Straßenlaterne stehen. Heute spielte er den Titelsong aus Brechts Dreigroschenoper auf der Bratsche. Das kam bei den deutschen Touristen besonders gut an.

Am nächsten Morgen wurde sofort zu einer Lagebesprechung mit Marco Stupido geladen. Die Lage schien ernst zu sein, sehr ernst. Denn Innenminister Calzonetti und der Leiter des SEK Wojtala, Giovanni Varese, saßen bereits am Konferenztisch.

Fünf Minuten später betrat auch Francesca Fraportini-Langenfeld das Zimmer. Und wie. Als die hübsche Blondine an mir vorbei schritt, wurde ich von einem Duft aus Zedernholz und Brombeergelee betört. Welch ein Parfum! Wie zufällig streifte ihre rechte Hand meinen Bauch, der trotz Anhaltens der Luft nicht ganz zurückgezogen unter meinem Hemd hervorlugte. Sie klimperte mit den Wimpern, wackelte mit dem Hintern und ich wünschte mir, ich sei zwanzig Jahre jünger.

Jäh wurde ich aus meinen unkeuschen Gedanken gerissen.

»Lorenzo, hier spielt die Musik«, hörte ich meinen Chef energisch auf mich einreden. »Wir müssen unsere ganze Konzentration auf den Fall konzentrieren, äh ich meine, wir müssen unsere Aufmerksamkeit sehr aufmerksam beobachten. Wir müssen vielmehr unseren Fokus auf das Wichtigste fokussieren. Ach, Sie wissen schon, was ich meine. Signore Commissario Varese, bitte fahren Sie fort.«

Giovanni Varese, ein kleiner, untersetzter, leicht blass aussehender Mann, begann mit seinen Ausführungen: »Meine Damen und Herren, zunächst einmal wünsche ich Ihnen allen einen guten Morgen. Nach den dramatischen Ereignissen am gestrigen Nikolaustag haben wir zumindest schon einmal Klarheit darüber, wer auf dem Scheiterhaufen verbrannt worden ist. Ich muss schon sagen, dass die Bande mit allen Wassern gewaschen ist. Bei der Leiche handelt es sich um den 52-jährigen Alberto Dulce, den Oppositionsführer der LRM-Partei. DNA-Spuren haben das eindeutig bewiesen. Dass die Leiche so verkohlt war, lag wohl daran, dass man dem armen Kerl, nachdem man ihn betäubt hatte, einen kleinen Sack mit Schwarzpulver um den Hals gebunden hatte. Dadurch erklärt sich auch die große Verpuffung. Leider sind bei dieser Tat auch unschuldige Bürger zu Schaden gekommen. Der Koch des Restaurants erlitt Verbrennungen an den Augenbrauen, eine 84-jährige Frau stolperte, nachdem Sie in Panik geflüchtet war, und brach sich den kleinen rechten Zeh. Dann gibt es noch den einen oder anderen angebrannten Zuschauer. Gott sei Dank haben wir keine Todesopfer zu vermelden, das heißt, fast kein weiteres Todesopfer. Einer unserer Mitarbeiter hat gesehen, wie kurz nach dem Brand ein älterer Herr einen Sack in die lodernden Flammen warf. Unsere Untersuchungen haben ergeben, dass sich in dem Sack eine Katze mittleren Alters, ca. neun Kilogramm schwer, mit extrem langem Schwanz, grauschwarzem Fell und einer Falte an der rechten Arschbacke, befand. Da der Kartoffelsack mit einem Seemannsknoten perfekt verschlossen war, gab es für das liebe Vieh leider kein Entrinnen mehr. Der Täter ist auf der Flucht. Aufgrund der allgemeinen Lage haben wir uns jedoch entschlossen, dieses Vergehen erst einmal hinten anzustellen. Bitte erheben Sie sich für eine Gedenksekunde für die Katze. Danke sehr!«

Nachdem wir uns wieder setzen durften, wurde über die weiteren Maßnahmen zur Aufklärung des Falles gesprochen.

Bis kurz vor Weihnachten blieb es ruhig in der Lagunenstadt. Wir hatten mittlerweile weit über 100 Zeugen befragt. Doch sowohl zur Explosion im November als auch zu den Nikolausvorfällen konnten wir nichts Brauchbares erfahren. Das war ja das Verworrene an diesem Fall. Was wollten uns die Täter überhaupt sagen? Was war deren Absicht? Sollte die

Bevölkerung nur verunsichert werden? Steckte der IS oder gar die Mafia hinter den Anschlägen? Fragen über Fragen.

Auch die Kollegen in Rom ermittelten in alle Richtungen, doch es gab keinerlei Anhaltspunkte für irgendeinen Anlass. Am Tag vor Heiligabend hatten wir im Kommissariat unsere übliche Weihnachtsfeier.

Gelaber as usual mit anschließendem Boßeln in den engen Gassen von Venedig. Wer jemals in Ostfriesland geboßelt hat, der weiß, wie schwierig diese auch in Italien so beliebte Sportart ist. Statt schwerer Hartgummikugeln werden bei uns schwimmfähige Holzkugeln verwendet. Das hat natürlich den Vorteil, dass die Kugeln nicht ständig durch Taucher aus dem Wasser gefischt werden müssen.

Nach dem Essen und einigen Grappi, Grappae, Grappas und Begrapsche wurde es sportlich. In Höhe der Galleria dell'Accademia ging es dann in S-Form einmal am Canal Grande lang. Ziel des Events sollte der Palazzo Foscari Contarini sein.

Nachdem Stupido vorgelegt hatte, war nun Oscar Pellegrini, der Chef der Wasserpolizei, an der Reihe. Er hatte im letzten Jahr das Weihnachtsboßeln gewonnen.

Mit einem lauten Schrei schleuderte er die Kugel weit in Richtung der Brücke Ponte dell'Accademia. Kurz vor der Brücke rollte die Kugel in den Straßengraben. Wir waren bester Laune, als wir dort angekommen waren. Zunächst konnten wir das runde Teil nicht finden. Doch schließlich hatte Motta es entdeckt.

»Nicht anfassen, Motta«, sagte ich, weil ich befürchtete, dass sonst seine Popel an der Kugel kleben bleiben könnten. Ich bückte mich, nahm den Spielball in die rechte Hand und warf ihn in einem 45-Grad-Winkel in Richtung des Palazzo Cavalli-Franchetti auf der anderen Seite des Canal Grande. Die Kugel landete kurz vor dem Ende der Brücke, die gänzlich aus Holz war. Aber war es wirklich die Kugel, die Pellegrini eben noch benutzt hatte? Denn kaum berührte das Teil den Boden, flog schon die Brücke in die Luft. Es war eine als Boßelkugel verkleidete Handgranate. Im Verkleiden ist Venedig nach wie vor führend. Nach der Rialto-Brücke war ein weiterer Übergang und eine der schönsten Brücken Venedigs zerstört worden.

Vielleicht wollte die Bande ja sämtliche Brücken verschwinden lassen, um ins Großgondelgeschäft einzusteigen. Aber das waren im ersten Moment die Gedanken eines ratlosen Kriminalbeamten mit niedrigen Bezügen.

Stupidos Augen schienen aus seinem Kopf zu fallen. Er sah aus wie Tom der Kater, wenn Jerry ihn mit dem Hammer auf den Schwanz geschlagen hatte. Nur, dass dies kein Zeichentrickfilm war. Es war die Wahrheit, die nackte Wahrheit.

»Diese Saubande«, fluchte mein Vorgesetzter, »Himmel, Arsch und Fagott, was soll das Ganze?«

Verzweiflung pur. Es gibt nichts Schlimmeres als Ratlosigkeit bei der Polizei.

Damit war natürlich auch unsere Weihnachtsfeier gegessen. In der Tat, gegessen hatten wir immerhin.

Mein Handy war schon griffbereit, da der Anruf meines Unbekannten sicherlich bevorstand. Keine

Minute später ertönte die Melodie »Spiel mir das Lied vom Tod«, die ich als Klingelton für unterdrückte Rufnummern ausgewählt hatte.

»Was gibt's?«, fragte ich gelangweilt, »nix anderes zu tun als fremder Leute Brücken in die Luft zu jagen? So langsam wird es langweilig. Bis ihr in Venedig alle Brücken zerstört habt, beamen sich die Leute bereits von Ufer zu Ufer.«

»Pass bloß auf Bulle«, zischte mich mein unbekanntes Gegenüber an. »Wenn ihr bis Silvester nicht 25 Millionen Euro besorgt, gibt es ein Inferno. Ciao Bello, alter Hund.«

Endlich kam etwas Logik in den Fall. Es ging also um Geld, um viel Geld.

Im Innenministerium wurden fast alle Mitarbeiter aus dem Urlaub zurückgerufen. Auch unser Personal wurde aufgestockt.

Francesca hatte zu Weihnachten einen neuen Duft geschenkt bekommen. Zumindest roch es in ihrer Nähe nach Bratapfel mit Kakao.

Sie war die erste Mitarbeiterin, die am 27. Dezember unser Büro betrat. Das heißt, betreten wollte. Denn die Eingangstür war zugemauert worden. Der Türaufbruchnotdienst bekam das Problem schnell in den Griff.

Nachdem die letzten Steine weggeräumt worden waren, sah man auf dem Boden eine rote Linie, die als Pfeil endete. An der Spitze dieses Pfeils befanden sich drei Umschläge mit den Buchstaben A, B und Y.

»Sehr witzig«, murmelte Stupido und sammelte die Umschläge auf.

»Darf ich auswählen, Chef?«, fragte Katapultini.

Stupido war erbost: »Pietro, wie lange sind Sie jetzt bei uns? Die Auswahl hat natürlich die Dame. Also Francesca, walten Sie Ihres Amtes.«

Francesca Fraportini-Langenfeld näherte sich schnuppernd den Umschlägen.

Dann riss sie, ohne sich Gedanken zu machen, den Umschlag mit dem Buchstaben »Y« aus der Hand des Kripochefs.

»Und jetzt?«, fragte Luigi Motta teilnahmslos.

Er hatte irgendetwas zwischen seinem linken Zeigefinger und Daumen, das er anscheinend zu einem Kügelchen formte. Das sah nicht gut aus.

Marco Stupido reichte seiner Kommissarin einen Brieföffner.

Die hübsche Blondine öffnete den Umschlag und roch daran.

»Dachte ich es mir doch«, sagte sie, »Y, das kann ja nur Yves gewesen sein, hier Motta, riech' mal.«

Doch Motta wollte gar nicht riechen. Er hielt seine linke Hand hinter den Rücken und trat einen Schritt in den Hintergrund. Ich war ganz ungeduldig und schrie die junge Polizistin an: »Los, worauf wartest Du noch? Was steht auf dem Zettel?«

Francesca Fraportini-Langenfeld musste lachen: »Hach, wie einfach.«

»Was ist einfach?«, wollte mein Vorgesetzter wissen.

»Wie heißt ein Käse, der aus Camembert kommt? A = Gouda, B = Edamer, C = Appenzeller oder D = Camembert? Na, Männers, wer weiß es?«

»So ein Blödsinn, was soll der Quatsch? Öffnen Sie jetzt die beiden anderen Umschläge, Katapultini.«

Mein Kollege riss Stupido die Umschläge erst aus der Hand und sie dann auf.

Im Umschlag mit dem Buchstaben A steckte ein Gutschein über 50 Cent, der als Ermäßigung auf den Eintrittspreis für einen berühmten Turm in Pisa benutzt werden konnte.

Ich sah, dass sich der Kopf meines direkten Vorgesetzten schief zur Seite neigte.

»Ja leckt mich doch im Arsch«, schrie er, »diese Ganoven haben nicht mehr alle Latten im Gehölz!«

Ich beruhigte ihn: »Moment, Cheffe, wir haben ja noch Umschlag B.«

Katapultini nestelte den Zettel aus dem Envelope.

»Bingo!«, rief er.

Auf dem Zettel, der von DIN A4 auf DIN A5 und schließlich auf DIN A6 gefaltet worden war, hatte jemand Wörter in großen Lettern aus Zeitungen ausgeschnitten und akkurat nebeneinander geklebt.

»Wenn ihr bis Silvester nicht 25 Millionen Euro besorgt, gibt es ein Inferno. Mit freundlichen Grüßen. M.C.« »Das sind exakt die Worte des Idioten, der mich immer Bruschetta nennt und mich zu unpassenden Zeiten anonym anruft«, sagte ich.

Stupido nickte: »Aber es ist doch mit M.C. unterzeichnet. Was schließt ihr daraus?«, fragte er in die Runde.

»Wenn mit CK unterschrieben gewesen wäre, dann hätte ich es gewusst, aber MC, das sagt mir gar nix. Vielleicht ein neuer Herrenduft«, sagte Francesca.

Stupido wurde so langsam ungehalten: »Also, wenn ihr darauf nicht kommt, habt ihr bei der Polizei nichts zu suchen.«

Motta schnippte ein Kügelchen durch die Luft und sagte dann: »M.C., das ist doch sonnenklar. Maria Carne, was sonst?«

In der Tat, Motta schien Recht zu haben. Das würde auch Sinn ergeben und sich mit dem decken, was einige Zeugen berichtet hatten. Maria Carne, die Chefin der Carne-Bande, war in der Stadt. Doch was hatte sie vor? Schneller als es uns lieb war, sollten wir das erfahren.

Am 28. Dezember brauste ein kleines Motorboot mit Tempo 80 durch die Tempo-20-Zone auf dem Rio de San Zan Degola. In Höhe der Trattoria Ben Hur stoppte das Wasserfahrzeug abrupt und legte kurz an.

Auf dem Heck des Bootes stand ein Hüne von ungefähr zwei Meter Körpergröße, der mit einer Maschinenpistole wild um sich schoss. Dann warf er einen Stein ans Ufer, an dem ein Zettel befestigt war.

In wildem Tempo ging es dann über den Canal Grande, von dort in Richtung des orthodoxen Friedhofs, der ja auch am Nikolausabend eine Rolle gespielt hatte.

Die Bevölkerung war zu Recht verunsichert. Und wenn die Ureinwohner eines hassen, dann sind das zu schnell fahrende Boote. Wir wurden zu der Stelle, an der der Riese um sich geschossen hatte, gerufen. Der Oberkellner der Trattoria Ben Hur, der kostümiert wie Charlton Heston aussah, hatte den geworfenen Stein an sich genommen.

»Commissario«, sagte er ehrfürchtig, »hier ist der Stein des Anstoßes. Nehmet ihn an Euch. Mögen die Halunken im Circus Maximus den Löwen zum Fraß vorgeworfen werden.«

»Jetzt reden Sie keinen Stuss und geben Sie mir schon das Beweisstück.«

Stupido war hoch erregt, als er den Zettel vom Stein entfernte und das las, was auf ihm stand.

»Hallo Bullenpack, zur Übergabe der Kohle: Nur 50 Euro-Scheine. Nicht durchnummeriert, nicht zu sehr abgegriffen. Bitte in Bündeln zu 2.500 Scheinen abpacken. Schicken Sie den Pfarrer der Kapelle Maria dell'Orto, Monsignore Postini, mit mehreren braunen Koffern aus Lederimitat, Höchstgewicht 25 Kilogramm pro Koffer in einem blauen Fiat 500, der auf einem Motorboot unter Deck verladen werden soll, um 22 Uhr auf die Reise. Sobald das Schiff vor der Kirche, zur besseren Orientierung hier die genaue Anschrift: Cannareggio, 3512, 30121 Venezia, Italien, Venedig in Richtung des Friedhofs Cimitero Ortodosso Greco, der Ihnen nun bereits bestens bekannt sein dürfte, in Richtung Nord/Nordost ablegt, gibt es weitere Anweisungen. Lassen Sie den Pfaffen alleine an Bord gehen. Wichtig: Der Pfarrer muss einen aktuellen Fanschal vom US Lecce um den Hals gewickelt haben. Und wagen Sie es nicht, irgendwelche Tricks anzuwenden. Wir haben Sie im Blick. Mit freundlichen Grüßen, M.C.«

Stupido schien zu platzen. Ich konnte ihn gerade noch daran hindern, den Zettel zu zerreißen.

»Um Himmels Willen, Commissario, das ist ein Beweisstück«, sagte ich und fischte ihm das zerknüllte Stück Papier aus der Hand. Das war noch einmal gut gegangen.

Als wir im Kommissariat angekommen waren, hatte SEK-Mann Varese bereits Verstärkung vor Ort. Unter der Leitung von General Benito Marinossa, genannt »Der Duce«, der vor ein paar Minuten eingetroffen war, stand eine zwölfköpfige Spezialmannschaft einsatzbereit.

Als wir den Raum betraten, schlug der Duce die Füße zusammen und sprach stramm:

»General Benito Marinossa mit zwölf Kriegern steht Ihnen zur Verfügung. Dulce et decorum est pro patria mori.«

»Nun werden Sie mal nicht euphorisch. Was süß und schön ist, werden Sie noch früh genug erfahren. Der frühe Angler fängt den Wurm, wenn Sie verstehen, was ich meine«, sagte Marco Stupido. »Aber nun nehmen Sie Platz, wir werden jetzt das weitere Vorgehen besprechen.«

Als unser Plan so gut wie feststand, mussten wir uns um die Einzelheiten kümmern. Da war zunächst das Problem mit der Logistik. Ein Betrag von 25.000.000,00 Euro hätte in 50 Euro Noten ein Gewicht von 460,00 Kilogramm. Die Maße würden hinhauen: Dicke = 0.1 Millimeter, B x H = 140 x 77 Millimeter.

Wir benötigten also 19 Koffer. Wie aber bekommt man 19 Koffer in einen Fiat 500? Motta hatte eine Idee.

»Lasst mich mal bei der Post anrufen, die schaffen es doch auch immer, den Paketwagen voll zu bekommen, wenn niemand mehr glaubt, dass noch was reinpasst.«

Nach einigen Telefonaten mit verschiedenen Paketdiensten wussten wir, wie es gehen könnte. Nun galt es noch, die Koffer möglichst preisgünstig zu besorgen. Und wer kannte sich im Online-Handel besser aus als unsere süße kleine Polizistin Francesca Fraportini-Langenfeld. Längst saß sie vor ihrem PC und surfte durch die weite Welt der Online-Düfte.

»Francesca«, sagte ich, trat näher an sie heran und wie zufällig streifte mein linker Arm ihre rechte Brust.

»Lorenzo«, empörte sie sich, »pass doch bitte auf, wo du hinlangst. Was gibt es? Mach schnell, es läuft gerade eine 3,2,1-Aktion bei eBay. Caco Schonell für 25 Euro im Zerstäuber.«

»Liebe Kollegin, bei allem Respekt vor deinen Online-Kenntnissen. Du hast heute endlich einmal die Gelegenheit zu zeigen, dass es auch ein Leben ohne Gerüche aus dem Netz gibt. Wir brauchen diese Koffer.«

Ich hielt ihr den Zettel mit den Abmessungen, Farben und weiteren Einzelheiten hin.

»Und denk' daran, es muss billig sein. Wenn schon 25 Millionen flöten gehen, müssen wir zumindest nachweisen können, dass die Polizei in Venedig kostenbewusst arbeitet. Also, Mädel, hau rein.«

Das schien der kleinen Frau gar nicht zu gefallen. Aber Dienst ist Dienst und Arbeit ist halt kein Ponyhof oder so ähnlich.

Wir hatten alle Hebel in Bewegung gesetzt. Die Arbeit beim SEK Wojtala machte so langsam richtig

Spaß. Selbst Mottas Finger steckten nicht mehr so häufig in seinen großen Nasenlöchern. Wir warteten auf Bürgermeister Ascento, der im Rathaus noch im Gespräch mit Innenminister Antonio Calzonetti bezüglich der Geldbeschaffung weilte. Schon zehn Minuten später tauchten die beiden auf.

Ohne großes Brimborium legte der Innenminister los: »Die Staatsbank stellt uns das Geld zur Verfügung. Und wir können froh sein, dass wir mittlerweile den Euro haben. Stellen Sie sich mal vor, wie viele Koffer wir für Lira benötigt hätten, wahrscheinlich wäre selbst ein Flugzeugträger zu klein gewesen. Zum Flugzeugträger komme ich später. Also egal, es funktioniert ja auch so. Wir sind uns der Lage bewusst. Bis morgen Abend werden wir im kleinsten Kreise den Plan fertiggestellt haben. Um zu vermeiden, dass zu viele Menschen unsere Taktik vorab erfahren, ist äußerste Diskretion angebracht. Das hat nichts mit Ihnen persönlich zu tun, aber Sicherheit geht vor. Alles andere hat also Vorrang.«

»Ähm, wird hinten angestellt, oder?«, wollte ich wissen.

»Natürlich, entschuldigen Sie Brusketta, ich bin etwas angespannt. Es ist zwar nicht mein Geld, aber so ganz egal ist mir nicht, was damit passiert. Wir müssen die Täter bei der Geldübergabe schnappen. Doch das werden wir, wie gesagt, mit den entsprechenden Verantwortlichen in einem abhörsicheren Saal besprechen. Denjenigen, die jetzt im Raum sind, erteile ich ab sofort eine Urlaubssperre, 24-Stunden-Abrufbereitschaft und ich möchte Sie alle bitten, wenn es um den Fall geht, bei Fragen, die Ihnen von vermeintlichen Kollegen und Kolleginnen gestellt werden, immer das Codewort »Puffreisherstellungsmaschine« anzufordern. Sollte dann ihr Gegenüber das Wort nicht kennen, präventiv verhaften. Ich gebe jetzt die Namen des Krisenstabes bekannt.«

Neben Innenminister Calzonetti waren das SEK-Mann Giovanni Varese, General Benito Marinossa vom Sondereinsatzkommando Wojtala und aus unserem Kommissariat mein Chef, Mario Stupido, als Quotenfrau Kollegin Francesca Fraportini-Langenfeld sowie meine Wenigkeit. Wer natürlich nicht fehlen durfte, war der Pfarrer der Kapelle Maria dell'Orto, Monsignore Postini, der die Geldübergabe vornehmen sollte.

In den frühen Abendstunden trafen nach und nach alle Beteiligten im Gefängnis von Venedig ein. Eine Brücke verbindet den Knast, die Prigioni nuove, mit dem Dogenpalast. In dieser Unterbringung von mehr oder weniger bösen Menschen gibt es den sogenannten Saal »Il Silenzio«, einen relativ kleinen Raum ohne Fenster mit meterdicken Mauern. Absolut abhörsicher. Trotz hoher Sicherheitskontrollen war ich relativ früh dort eingetroffen.

Signor Ninni Rosso, der Gefängnisdirektor, begrüßte mich vor dem Verhörraum. Ich war erstaunt, dass vor mir schon jemand vor Ort war, den in Italien nahezu jeder kannte. Ministerpräsidentin Isabella Salsiccia persönlich hielt mir ihre Hand zur Begrüßung hin. Mir war bei der ersten Begegnung mit der eigentlich recht zierlich aussehenden Frau nicht aufgefallen, dass sie ziemlich große Hände hatte. Mein Gott, das waren keine Hände, das waren Pranken. So und nicht anders stellte ich mir Hände eines Metzgers vor und nicht die einer Politikerin. Wenn man jedoch wusste, dass der Großvater der Ministerpräsidentin als Ausbeiner im Schlachthof von Rom gearbeitet hatte und ihre Großmutter Weltmeisterin im Catchen war und beide somit die gentechnischen Voraussetzungen für Riesenhände gelegt hatten, war das dann eigentlich logisch. Wer aber sagte mir, dass unser Staatsoberhaupt überhaupt berechtigt war, an dem Fall mitzuarbeiten? Ich fühlte sicherheitshalber, ob mein Revolver griffbereit war.

Dann sah ich, wie auch Isabella Salsiccia an ihrem Rocksaum zupfte und plötzlich, wie aus der Pistole geschossen, schrien wir uns gleichzeitig an: »Parole?«

Und gleichzeitig hatte ich meine Waffe auf sie und sie ihre K95 in 8x57IRS mit 2,5-10x50er Zeiss Optik und Wechsellauf 6,5x65R mit Leupold Optik auf mich gerichtet.

»Jetzt nur nicht nervös werden«, dachte ich.

»Und?«, brüllten wir beide.

»Puffreisherstellungsmaschine«, drang gleichzeitig in die gegenüberstehenden Gehörgänge.

Wir ließen unsere Waffen herunter und mussten lachen.

»Prima, Brusketta«, sagte die Politikerin, »so soll es sein.«

Sie drehte sich kurz um und ich sah, wie sie sich den Schweiß von der Stirn wischte. Das war ja noch einmal gut gegangen. Nun trafen nach und nach auch die anderen Verantwortlichen ein. Als letzte hastete Francesca Fraportini-Langenfeld durch die winkelförmig geöffnete Tür.

Ehe sie uns erkennen konnte, sagte sie: »Oh, unsere Ministerpräsidentin ist auch hier.«

»Woher wissen Sie das?«, fragte Innenminister Calzonetti erstaunt.

»Spätestens seit der Literaturverfilmung von Regisseur Martin Brest mit Chris O'Donnell und Al Pacino in den Hauptrollen weiß man, oder soll ich besser sagen, weiß Frau, dass es einen Duft der Frauen gibt. Und glauben Sie mir, Herr Minister, den Duft dieser Frau, den leichten Ansatz einer großen unreifen Pflaume aus der Ernte der Mirabelle de Fribourg, gemischt mit einer Prise Salz aus den Salinas de Janubio der Vulkaninsel Lanzarote, das eigentlich nur zur Konservierung von Fischen dient, abgestimmt mit Vanillepuddingpulver von Dr. Oetker in einer Strohrumlake gereift, das kann nur Gnafus la Chicorree von Blumel van Achtern aus der Parfümerie Sasanella sein.«

»Hossa«, sprudelte es aus der Ministerpräsidentin, »fantastisch, solch Beamte wünsche ich mir. Präzise Ermittlungen auf den Punkt gebracht. Alles ist korrekt. Weiter so!«

Giovanni Varese räusperte sich kurz, um uns dann den Ablaufplan für Silvester mitzuteilen. Es folgte eine heftige Diskussion. Nach drei Stunden stand fest, was zu tun war. Und wir alle waren gespannt auf das, was uns der Tag des Jahres bringen würde.

Es war kalt geworden an diesem 31. Dezember 2018. In der Lagunenstadt ging die Sonne bereits um 16.37 MEZ unter. Um 17 Uhr war es schon dunkel, sehr dunkel. Denn nach unserem Plan wurde dann der Strom für die Straßen- und Kanalbeleuchtung abgestellt. Keine Laterne leuchtete mehr. Es war jetzt schwierig, wenn man ortsunkundig war, sich in den engen Gassen zu orientieren. Das Thermometer zeigte drei Grad Celsius unter Null an.

Pfarrer Postini war schon gegen 16 Uhr mit dem Fiat 500 und den 19 Geldkoffern an der Stazione Marittima eingetroffen. Das Auto wurde an Bord gebracht und in den Frachtraum im Schiffsbauch gelotst. Er war also bereit. Der Geistliche band sich den Fanschal vom US Lecce um und harrte nun der Dinge, die da kommen würden.

Der Krisenstab saß derweil im Sozialraum unseres Kommissariats. Wir starrten alle wie gebannt auf das Telefon.

Wann würden die Ganoven sich melden? Stupido trommelte mit seinem Mittel- und Zeigefingern auf der Tischkante herum, Francesca Fraportini-Langenfeld machte sich frisch und ich öffnete das Fenster, hielt den Kopf in den eisigen Wind, um eine Zigarette zu rauchen.

»Passen Sie auf den Rauchmelder auf«, sagte SEK-Mann Varese.

»Ja ja, ich passe schon auf. Ich rauche ja auch nicht zum ersten Mal«, erwiderte ich.

Auf der Zigarettenschachtel war ein Bild von einem schlaff herunterhängenden klitzekleinen Penis zu sehen. Als Bildüberschrift konnte man in dicken Lettern »Rauchen macht impotent!« lesen.

Ich steckte die Schachtel schnell in die Tasche, als ich sah, dass sich Kollegin Fraportini-Langenfeld näherte.

»Lorenzo«, sagte sie, »Du solltest nicht so viel paffen. Du weißt doch, dass Rauchen impotent machen kann.«

Ich beschloss, beim nächsten Mal darauf zu achten, dass ich mir Kippen mit anderen Warnhinweisen besorgen würde. Lungenkrebs, amputierte Beine, Zahnstümpfe oder Ähnliches. Hauptsache keine Impotenz.

»Ach Francesca«, lächelte ich, »impotent? Ich doch nicht.«

Die hübsche Beamtin kniff mir ein Auge zu und streifte wie zufällig mit ihrer rechten Hand über meinen linken Oberschenkel. Sofort warf ich die angerauchte Zigarette aus dem Fenster. Nachdem ich das Fenster winkelförmig geschlossen hatte und mich an den Kaffeeautomaten begeben wollte, klingelte das Telefon.

Marinossa deutete mit dem Zeigefinger auf den Apparat und zischte: »Auf laut stellen!!«

Innenminister Calzonetti hob den Hörer ab: »Hallo, wer ist da?«, wollte er wissen.

»Blödmann, wer soll das wohl sein? Hier spricht die Nonne aus Gütersloh, du Oberaffe. Es geht rund. Schickt den Pfaffen los. Um 18.25 Uhr, wenn das Kreuzfahrtschiff Jonas Müller-Thurgau von der Reederei »Hin-Hunsrück-Tours« in den Hafen einläuft, soll euer Boot aus dem Windschatten heraus Kurs auf die Friedhofsinsel halten. Stellt euer GPS-System auf 45° 26' 15" N , 12° 20' 9" O. Sobald der Kahn unterwegs ist, gibt es neue Anweisungen. Und keine Tricks, sonst werden wir ungemütlich. Also, jetzt haut rein!«

Wir hörten, wie der Anrufer sich noch kurz räusperte und dann auflegte.

»Okay, meine Damen und Herren, ab jetzt volle Konzentration!«, sagte Bürgermeister Ascento und griff zum Geheimdienst-Handy, das nicht geortet werden konnte.

Er wählte die Nummer des Schiffes und gab dem Kapitän, der ein SEK-Mann war, die Abfahrtsmodalitäten bekannt. Es wurde spannend in unserer Stadt.

Am Kai stand Ciriaco Fritzpatrick und gab Kostproben seines Schaffens zum Besten. Heute war das unter anderem »Schuld war nur der Bossanova«. Gespielt auf einer bronzefarbenen Posaune. Es schien kaum eine Ecke zu geben, an der der Ire noch nicht gespielt hatte.

In der Ferne sah man, dass ein riesiges Kreuzfahrtschiff Kurs auf den Hafen von Venedig hielt. Bevor der Koloss an seinen Anlegeplatz gelotst wurde, warf der Kapitän den Motor unseres Geldtransportschiffes an.

Sinnigerweise hieß das Boot Mammon II. Tatsächlich, um 18.25 Uhr fuhr der Riesenpott ein und unser kleines Motorboot aus. Vom Geldwert her waren in diesem Moment beide Schiffe in etwa in der gleichen gehobenen Klasse.

Wir waren direkt nach dem Anruf des großen Unbekannten in die Nähe des Hafens gefahren und beobachteten das Ganze mit Nachtsichtfernrohren. Recht langsam zuckelte unser Kahn durch seichtes Gewässer in Richtung des Friedhofs. Benito Marinossa und sein Sondereinsatzkommando Wojtala folgten in angemessenem Abstand in einem Marineschlauchboot, das wohl noch aus den Nachkriegsjahren stammte.

Plötzlich gab es ein dumpfes Geräusch. Es hörte sich so an, als wenn man mit einem Stock auf eine aufgeblasene Luftmatratze schlagen würde. Doch diesem Geräusch folgte direkt im Anschluss ein lautes »Pffffffffffffffff«.

»Scheiße«, schrie SEK-Mann Varese, »die Schweine haben das Schlauchboot torpediert.«

So war es denn auch. Man konnte sehen, wie der Duce samt Sonderkommando Wojtala durch die Luft flogen und das Boot bestand nur noch aus zerfetztem Gummi.

Wir hatten mit allem gerechnet, aber dass die Gangster Torpedos einsetzten, kannte ich bisher nur aus schlechten Venedig-Krimis.

Aber es war nun einmal passiert. Wir durften uns nicht ablenken lassen und ich versuchte das Motorboot mit dem Fernglas weiter im Blick zu behalten.

Kurze Zeit später hatte ich das sich immer weiter entfernende Schiff wieder auf dem Schirm. Um mich herum war es nach dem Abschuss des Sonderkommandos natürlich hektisch geworden.

Die ersten Körper wurden aus dem Wasser gezogen, doch wir hatten jetzt keine Zeit, um uns darum zu kümmern. Das war die Aufgabe vom Rettungsdienst.

»Wir müssen nun Plan B in Kraft setzen«, sagte Marco Stupido.

Und wie ich meinen Chef kannte, musste das jetzt schnell, aber immer noch ohne Hektik geschehen.

Über ein abhörsicheres Handy rief er auf dem Flughafen von Treviso an, wo ein alter Tornado, den die italienische Regierung in den 1970-er-Jahren der Bundesrepublik Deutschland von Apel für'n Appel und 'nem Ei erstanden hatte, mit scharfen Waffen ausgerüstet, reaktiviert wurde. Natürlich durfte keiner erfahren, dass das alte Kampfflugzeug für unseren Fall eingesetzt werden sollte. Also hatte man die Maschine nachts auf eine Notstartbahn gerollt und mit einer großen undurchsichtigen Plane aus Kunststoff überzogen. Auf einen Probeflug musste man angesichts der Zeitknappheit verzichten. Nun aber sollte der Bomber zum Einsatz kommen.

Der erprobte Kunstflieger Luigi von Richthofen, ein italienischer Nachkomme des roten Barons, war eigens für diesen Einsatz engagiert worden. Doch anders als er das von den Showeinlagen mit seiner kleinen Propellermaschine, einer Extra 300L, gewohnt war, hatte diese Maschine etwas mehr Kraft unter der Motorhaube. Nichtsdestotrotz rollte der Flieger auf seine Startposition.

Schade, dass wir dem Spektakel nicht beiwohnen konnten, aber aus späteren Erzählungen erfuhren wir, dass von Richthofen ganz großes Kino veranstaltet hatte.

»Ready for take off«, das waren offensichtlich die letzten Worte, die auch noch heute auf seinem Grabstein in Rammstein zu lesen sind. Nach diesen in der Luftfahrt so beliebten Worten nahm der Kampfjet Fahrt auf und tatsächlich erhob sich der Veteran der Lüfte in die gleichnamigen. Anstatt jedoch wie besprochen direkt in Richtung Venedig zu fliegen, drehte der Nachfolger des Red Barons erst einmal ein paar Pirouetten. Nach zwei Minuten sah man plötzlich, wie sich das Flugzeug in der Luft drehte und einem Stein gleich in den nahe gelegenen Wald stürzte und in handliche Einzelteile zerbarst. Ausgeträumt. Damit war auch Plan B hinfällig geworden. Die Bande hatte eine Flugabwehrrakete der Marke Aim 7 Sparrow der italienischen Luftwaffe eingesetzt. Das Teil, das wegen seiner Treffunsicherheit keinen guten Ruf genoss, hatte heute leider sehr präzise gearbeitet.

Der Innenminister tobte, Varese tobte, der Duce tobte. Jetzt fehlten nur noch Robbi und Tobbi und das Fliewatüüt. Es war die reinste Toberei im Gange. Mein Chef hingegen war die Ruhe in Person. Zwischen seiner Oberlippe und unterhalb seiner Nase konnte man einen kleinen weißen Streifen erkennen. Wahrscheinlich hatte er nur ein Glas Milch getrunken. Ich wusste natürlich, dass dem nicht so war.

Nun richtete ich meinen ganzen Fokus auf unser Geldübergabeboot. Es hatte sich mittlerweile der Friedhofsinsel genähert. Jetzt müsste eigentlich ein Anruf des Kapitäns erfolgen, so war das jedenfalls besprochen worden, damit wir ihm weitere Instruktionen geben konnten. Das Telefon klingelte in der Tat. Aber es war nicht SEK-Mann Calloni, sondern es meldete sich eine mir mittlerweile vertraute Stimme.

»Tja, ihr Möchtegern-Bonds, das war wohl nix. Schnappt euch eure Fernrohre und passte auf, was in zwei Minuten passiert, hahahaha!«, rief der Schurke in den Hörer und legte auf.

Was sollte passieren? Schließlich brauchten die Gangster ja das Schiff, um an ihre Beute zu gelangen.

Nach 120 Sekunden, pünktlich wie angekündigt, konnten wir in unseren Nachtsichtgeräten sehen, wie von gegenüber der Friedhofsinsel aus Raketen in den Nachthimmel geschossen wurden.

Kurze Zeit später verhüllte Nebel das gesamte Gebiet. Bis zu uns herüber zogen die Nebelschwaden.

Es waren weiße Bengalofeuer abgeschossen worden, die halb Venedig und Umgebung in dichten Nebel hüllten. Aber die Raketen hatten noch eine ganz andere Wirkung.

Die Verbrecher hatten Lachgas in unsere Richtung abgefeuert. Und das war an jeder Ecke zu erleben.

»Hören Sie gefälligst auf zu lachen«, schrie Innenminister Calzonetti die Ministerpräsidentin an und schlug sich vor Vergnügen auf den Oberschenkel.

»Was fällt Ihnen ein Sie Flegel, Sie grinsen ja selbst wie ein Honigkuchenpferd«, sagte Isabella Salsiccia und lachte in einer Tour weiter.

Auch Stupido grinste mich unverschämt an und sagte lachend: »Das war gut, ich lach mich kaputt!«

Ich fand das Szenario äußerst skurril und ging, in mich lächelnd, auf meine Kollegin Francesca Fraportini-Langenfeld zu.

Auch sie zeigte ihre weißen Zähne und hatte bereits Tränen in den Augen. »Selten so gelacht, das war ein ganz besonderer Duft, den die Schurken eingesetzt haben. Sollte man fabrikmäßig herstellen«, brüllte sie scheinbar freudig.

Um uns herum schienen alle riesigen Spaß zu haben. Wir hatten aufgrund des Einsatzes von Lachgas zwar auch viel Freude, doch verloren wir in der Zwischenzeit unser Motorboot samt Fiat, Pastor, SEK-Mann und der Kohle aus den Augen.

Gegen 22 Uhr hatten sich alle wieder unter Kontrolle. Längst waren Boote zur Suche nach dem Schiff und den Gaunern unterwegs zur Friedhofsinsel.

Wir waren gespannt, was uns die Leute vom Einsatzkommando zu berichten hatten.

Es wurde fieberhaft gesucht. Die ganze Nacht lang fuhren immer wieder Boote hinaus. Doch unser Gefährt mit dem ganzen Geld war verschwunden und auch von den Ganoven gab es keine Spur. Erst am nächsten Morgen, um kurz nach sechs Uhr, kam Varese mit einem seiner Männer zu uns ins Büro.

»Keine guten Nachrichten, Männer«, sagte er mittlerweile wieder mit vollem Ernst bei der Sache. Er nestelte in einer Plastiktüte und zog schließlich einen feuchten Schal aus der Tüte. Auf dem wärmenden Kleidungsstück stand in großen Lettern: »US Lecce«.

»Ich weiß Bescheid«, brummelte ich, »Abstieg, aber nicht vom Fußballverein, ich schätze mal unser Geistlicher hat das Zeitliche gesegnet. Ich befürchte das Schlimmste.«

Noch stand nicht fest, ob der Pastor den Fluten zum Opfer gefallen war, aber es schien schon wahrscheinlich, dass ihm etwas zugestoßen sein musste.

Was uns jedoch am meisten stutzig machte: Wo waren Boot und Verbrecher geblieben? Der Fall hatte uns voll im Griff.

Nur einem schien der ganze Rummel nichts auszumachen. Ciriaco Fritzpatrick. Heute mal ohne Instrument. Aus voller Kehle schmetterte er »Marmor, Stein und Eisen brechen« durch die engen Gassen.

Mittlerweile hatte auch die Presse von der ganzen Angelegenheit Wind bekommen und überall in Venedig waren die Reporter auf der Suche nach Neuigkeiten. Vor dem Kommissariat hatten sich die Übertragungswagen der Nachrichtensender wie RTV, Eurobads, und wie sie alle heißen, postiert. Vor unserer Tür warteten ungefähr 25 verschiedene Praktikanten auf Nachrichten. Doch wir ließen sie zappeln. Bevor wir die Bevölkerung verunsicherten, schwiegen wir lieber.

Und am nächsten Tag gab es schon wieder eine Hiobsbotschaft, die wir zu verschweigen hatten. Innenminister Calzonetti war aus seinem Hotelzimmer entführt worden. Trotz Bewachung, die vor seiner Tür stand. Die Einzelheiten deuteten darauf hin, dass es sich um die gleichen Täter gehandelt haben musste, die auch das Geld erpresst hatten. Worauf sollte das alles hinauslaufen?

Venedig glich einer belagerten Stadt. Und das ausgerechnet ein paar Tage vor dem geplanten Papstbesuch.

Wie in jedem Jahr zum Fest der Heiligen Drei Könige sollte das Oberhaupt der katholischen Kirche Papst Callidus der Erste eine Messe auf dem Markusplatz abhalten. Aber jetzt? Ausgerechnet jetzt, wo auch noch Innenminister Calzonetti entführt worden war? Andererseits waren viele Nachrichtensender der ganzen Welt vor Ort.

Bürgermeister Ascento und die Marketingexperten aus Venedig jedenfalls sahen das als große Chance für den Fremdenverkehr. Man konnte den Touristen zeigen, dass man alles im Griff hatte.

»Bad News are good News«, scherzte der vom Volk gewählte Vertreter.

Ich jedoch hatte, was den Papstbesuch anging, erhebliche Bedenken. Die Ermittlungen mussten ja weiterlaufen und jetzt auch noch der Papst. Nun gut, die Sicherheitsvorkehrungen waren wie in jedem Jahr bereits im Vorfeld überprüft, neu interpretiert und verbessert worden. Die Sicherheit oblag auch nicht uns, das war Sache vom Geheimdienst. Und der SISMI war natürlich voll auf den Besuch fokussiert. Außerdem konnte es nicht schaden, den Geheimdienst in Venedig zu haben. Denn das Verschwinden von Calzonetti und die dubiose Geschichte mit der Lösegeldübergabe und überhaupt, steckten wirklich Maria Carne und ihre Kumpanen hinter der ganzen Geschichte? Auf all diese Fragen musste der SISMI zumindest ansatzweise Antworten haben.

Und was wusste unsere Ministerpräsidentin wirklich? Nach dem Verschwinden ihres Innenministers war sie merkwürdig ruhig geblieben. Selbst Stupido vermutete hinter den Ereignissen eine globale Verstrickung. Aber nun stand erst einmal der Papstbesuch auf der Agenda.

Und schon nahte der 6. Januar. Die Kanäle in Venedig waren festlich herausgeputzt worden. Wo sonst an zwei gegenüberliegenden Häusern Wäsche über dem Kanal hing, hingen dort heute, einer überlieferten Sitte aus dem 14. Jahrhundert folgend, Mettwürste im Naturdarm über all den Wasserstraßen. Ein Knoblauchduft lag über der Stadt. Die Gondolieri hatten ihre Boote festlich beflaggt, die Ureinwohner trugen ihre traditionellen Drei-Königs-Anzüge und -Kleider. Die Ereignisse der letzten Wochen schienen zunächst einmal vergessen zu sein.

An allen Ecken und Kanten waren schwer bewaffnete Carabinieri zu sehen, den Geheimdienst jedoch konnte ich nicht entdecken. Das war ein gutes Zeichen, denn schließlich hieß er nicht umsonst Geheimdienst. Stupido hatte angeordnet, dass wir unsere kugelsicheren Westen anlegen sollten. Außerdem mussten immer zwei Beamte in unmittelbarer Nähe patrouillieren. Alle Sicherheitsinstruktionen hatten wir bestens verinnerlicht. Der SISMI hatte ganze Arbeit geleistet.

Wer in die Nähe der Bühne des Markusplatzes gelangen wollte, musste sich mindestens vier Leibesvisitationen unterziehen. Trotzdem hatte ich ein ungutes Gefühl, denn eine Narbe auf meinem rechten Oberschenkel juckte schon, seitdem ich aufgestanden war. Und da ich schon etwas abergläubisch bin, verspürte ich eine innere Unruhe. Ich stapfte immer von einem Bein auf das andere.

Francesca Fraportini-Langenfeld, die mir zugeteilt wurde, bemerkte meine Nervosität und fragte: »Sag mal, Lorenzo, musst du pinkeln?«

»Quatsch, Francesca, ich habe ein ungutes Gefühl. Weißt du, meine Narbe am Oberschenkel hat sich heute morgen bemerkbar gemacht und das verheißt nichts Gutes.«

»Du hast eine Narbe am Oberschenkel? Das ist ja geil. Die würde ich gerne mal sehen«, sagte meine Kollegin.

Was war denn das? Anmache? Ich verschwendete jedoch keine weiteren Gedanken daran und konzentrierte mich voll auf unsere Aufgaben.

Hinter dem Canale della Giudecca, der sich im Bacino di San Marco mit dem Canal Grande vereint, tauchte plötzlich ein Boot ohne Beflaggung auf. Ich nahm mein Fernrohr und lenkte meinen Blick auf das sich nähernde Wasserfahrzeug. Ich konnte niemanden an Deck erkennen. Am Kapitänsstand sah ich jedoch einen Mann am Steuer.

Als sich das Schiff in Höhe der ersten Sicherheitsschleuse befand, die der SISMI eingerichtet hatte, stürmten plötzlich Umweltaktivisten aus dem Bootsinneren an Deck. Sie hatten sich geteert und gefedert und skandierten: »Hopp, hopp, hopp, Taubenmorden Stopp!!«

Zum ersten Mal, seit ich diesen vermeintlichen Umweltschützern begegnet war, waren sie mir sympathisch.

»Gott sei Dank!«, sagte ich und blickte meine reizende Kollegin an.

»Ja, Lorenzo, Gott sei Dank«, erwiderte sie, »ich muss dir nun ein Geheimnis verraten. Ich habe auch eine Narbe am rechten Oberschenkel: Verätzung. Als ich vor drei Jahren meine Wohnung renoviert habe, herrschte ziemliches Chaos in den Räumen. Und so stellte ich die Terpentinflasche neben die 250 anderen Parfumkanister im Badezimmer. Nach einer durchzechten Nacht habe ich mich dann am nächsten Morgen vergriffen und seitdem sieht es untenrum bei mir einfach ätzend aus, wenn du weißt, was ich meine.«

Ich konnte nur ahnen, was sie mir damit sagen wollte, aber wir mussten unser Augenmerk jetzt auf die Ankunft des Papstes richten. Die Aktivisten wurden vorübergehend aus dem Verkehr gezogen, das Boot aus dem Wasser und alles wartete nun auf die Ankunft des Geistlichen.

In der Ferne, im Hafen von Venedig, lagen einige Kreuzfahrtschiffe, die jetzt, um Punkt 12 Uhr mittags mit ihren Signalhörnern ankündigten, dass sich das Papamobil in Bootsausführung in Richtung Markusplatz bewegen würde.

Und tatsächlich, wenige Minuten später tuckerte das Elektroboot mit dem Oberhaupt der katholischen Kirche an Bord in unsere Richtung. Papst Callidus der Erste stand direkt neben dem Kapitän, einem SISMI-Mitarbeiter, gut geschützt in seinem durchsichtigen Kasten aus Panzerglas und winkte in die jubelnde Menge.

Er genoss diesen Auftritt sichtlich, denn im Gegensatz zu seinen Vorgängern begab er sich sehr selten auf Reisen, was sicherlich auch mit den immer häufiger explodierenden Selbstmordattentätern auf der Welt zusammenhing.

Nachdem das Boot angelegt hatte, musste der Pontifex die letzten Meter bis zur Bühne, auf der er die Messe zu Ehren der Heiligen Drei Könige Caspar, David und Friedrich halten wollte, zu Fuß gehen.

Der letzte Papst, Pigra der Siebzehnte, war für seine Trägheit bekannt gewesen. Er ließ sich in den Jahren zuvor ständig mit einer Sänfte, auf der er lag und eine Hanfzigarette rauchte, umgeben von Bananenrock tragenden Hawaiianerinnen, die ihm mit Palmwedeln Luft zuteil werden ließen, bis vor den Altar tragen. Er hielt die Messen stets im Sitzen ab. Das kam bei der venezianischen Bevölkerung nicht gerade gut an.

Doch dieser, der neue Papst, Callidus der Erste, war äußerst beliebt bei Alt und Jung. Man munkelte, dass die CIA ihn installiert habe. Es war schon ungewöhnlich, dass der Papst, der aus Kuba stammte, erst im dritten Wahlgang erfolgreich war, nachdem zuvor zwei Kardinäle am Weihrauch erstickt waren und nicht weiter mitwählen konnten.

Aber das war mir in diesem Moment auch schnurz und sogar piepe. Jedenfalls betrat er unter dem Jubel der zahlreichen Gläubigen, Ungläubigen und der noch zahlreicheren Gläubigern die festlich geschmückte Bühne.

Er kniete vor dem großen Eisenkreuz und betete zunächst für die Verstorbenen, dann für die Lebenden und schließlich für alle Vermissten. In einem lupenreinen Italienisch las er den Teilnehmern an der Messe zunächst die Leviten und dann aus Lukas dem Lokomotivführer vor, Psalm 4, Absatz 6, Zusatzzahl 12.

Alles schien normal zu verlaufen, doch plötzlich, kurz bevor der Papst in die Bütt stieg, hörte man die rotierenden Blätter eines Hubschraubers. Auf einmal kam Leben in die Bude.

Eigentlich sollte der Luftraum während des Papstbesuches geschlossen bleiben, aber anscheinend war es irgendwelchen Leuten gelungen, den Heli zu starten.

Dem Geheimdienst war es offensichtlich zu gefährlich, das Flugobjekt über der Menge abzuschießen. Als der Pilot direkt über dem Markusplatz kreiste, öffnete sich die rechte Schiebetür des Helikopters und man sah, wie zwei vermummte Personen irgendetwas aus der Tür stießen. Kurz vor dem Altar knallte ein lebloser Körper auf den Boden.

Ich nahm meinen Feldstecher und schluckte. Es war der Pfarrer der Kapelle Maria dell'Orto, Monsignore Postini. Zumindest war es das, was von dem Geistlichen übrig geblieben war. Denn er hatte keine Arme und keine Beine mehr.

Ich musste unweigerlich an den Torso des Apollon aus dem Regio Museo Archeologico nel Palazzo Reale di Venezia denken. Entsetzen machte sich breit.

»Hoffentlich bricht jetzt keine Panik aus«, sagte meine Kollegin.

»Wozu Panik, Francesca?«, erwiderte ich, »et hät noch immer jot jejange.«

Tatsächlich, es blieb ruhig. Das lag sicherlich auch an der Besonnenheit des Papstes, der zunächst einmal drei Vaterunser betete und dann aus der Bibel die Geschichte von Sodom und Gomorra in einer modernisierten Fassung als Klerikal-Poetry-Slam-Beitrag zum Besten gab.

Ich hatte Respekt vor dem neuen Papst, aber ich fürchtete, dass es nun erst richtig zur Sache gehen würde. Als hätte ich es geahnt, klingelte kurze Zeit später mein Diensthandy. Aber zu meiner Überraschung war es nicht der große Unbekannte, der mich sonst immer belästigte. Es war Innenminister Calzonetti höchstpersönlich.

»Ich brauche ihre Whatsapp-Nummer, schnell, ich habe ein Foto für ...«

Der Kontakt brach urplötzlich ab und ich hörte nur noch das Freizeichen. Aber ich hatte ja die Rufnummer. Jetzt hieß es Obacht geben.

Ich rief direkt in Rom beim Erkennungsdienst an. Ich staunte nicht schlecht, als man mir den Namen des Teilnehmers nannte, der diese Rufnummer registriert hatte.

»Schau an, damit habe ich wahrlich nicht gerechnet«, sagte ich zu Francesca.

»Los, Lorenzo«, drängte sie mich, »nun sag' schon, wer ist es?«

»Nicht hier, zu viel Presse in der Nähe. Lass uns ins Büro gehen.«

Wir schauten uns sorgfältig um, bevor wir das Kommissariat betraten. Es war uns anscheinend niemand gefolgt. Nachdem ich die Tür ins Schloss gezogen hatte, setzte ich mich und bat meine Kollegin zu mir.

»Du wirst es nicht glauben, aber es ist so. Die Nummer ist auf Paolo Ascento registriert. Ich glaube, dass unser Bürgermeister nun ein Problem bekommen wird.«

Kaum hatte ich den Satz ausgesprochen, da betrat Pietro Katapultini den Raum.

»Kollegen, es gibt Neuigkeiten«, sagte er und schritt auf seinen Schreibtisch zu. »Bürgermeister Ascento ist überfallen worden. Er wurde, kurz bevor er zur Drei-Königs-Messe gehen wollte, vor seiner Wohnungstür von zwei Burschen abgefangen. Zunächst haben sie ihn übelst zusammengeschlagen, danach wurde er ausgeraubt. Gott sei Dank hatte er nur sein iPhone dabei. Ich hatte mich schon gewundert, dass sein Platz vor der Bühne leer geblieben war.«

»Scheiße, und ich dachte, wir seien einen Schritt weiter gekommen«, seufzte ich, »und was ist? Das Gegenteil ist eingetroffen. Wieder ein neues Puzzlestück. Es wird immer komplizierter.«

Ich schickte Katapultini ins Hospital, um dort mit Motta gemeinsam den Bürgermeister zu befragen, falls er dazu wieder in der Lage sein sollte.

»Halte Motta dazu an, seine Hände zu desinfizieren. Und pass' auf, wo er seine Finger reinsteckt. Viel Erfolg!«

Dann wandte ich mich zu Francesca Fraportini-Langenfeld: »So, meine Liebe, wir sollten jetzt erst einmal was zu uns nehmen.«

»Du hast recht, Lorenzo. Ich werde mich nur noch frisch machen«, erwiderte sie.

Die Polizistin nahm ihren Kosmetik-Trolley, der sicherlich mit 15 Kilo gefüllt war und rollte auf die Damentoilette zu. Als sie nach einer gefühlten Ewigkeit zurückkam, schien eine Wolke aus Erdbeer-Aprikosenduft über ihr zu schweben. Es roch schon betörend.

Und je genauer ich mir meine Kollegin anschaute, desto schöner erschien sie mir. Aber ich musste mich auf wichtigere Sachen konzentrieren.

Nachdem wir bei Kalkreuter im Sole da Bonito fantastisch gegessen hatten, schlenderten wir noch durch die engen Gassen von Venedig.

Über mir flatterte plötzlich ein Greifvogel umher. Aus beachtlicher Höhe setzte er zum Sturzflug an, um die Tauben in unserer Nähe zu verscheuchen.

Francesca schaute dem Treiben gebannt zu und sie fragte mich: »Ist dir eigentlich aufgefallen, dass hier gar nicht mehr so viele Tauben herumstreunen? Viele sitzen sogar nur noch lethargisch an den Straßenrändern und picken Pommes, Pizzareste und ähnlichen Kram vom Boden. In der Luft sieht man viel mehr Schwalben als sonst.«

»Richtig, Francesca, ich würde sagen, dass man schon von Bordsteintauben und Turtelschwalben von Venedig sprechen kann.«

Ich lachte laut und freute mich, dass ich einen Scherz gemacht hatte.

Sie zeigte mir jedoch nur den Scheibenwischer und meinte: »Sehr witzig, Lorenzo. Die Bordsteintauben und die Turtelschwalben von Venedig. Das taugt ja selbst nicht als Titel für einen Venedig-Krimi.«

»Da täusche' dich mal nicht, Francesca«, antwortete ich etwas eingeschnappt.

Anschließend setzten wir unsere Ermittlungen fort.

Nach einer halben Stunde tauchten auch Motta und Katapultini wieder auf. Sie hatten nur kurz mit dem Bürgermeister sprechen können.

Außer, dass er ihnen mitgeteilt hatte, dass man ihm einen Basketballschläger über den Scheitel gezogen hatte, konnte er sich an nichts erinnern. Hoffentlich gab es irgendwelche Zeugen, die den Überfall gesehen hatten. So tappten wir weiterhin im Dunkeln.

Dieser Februar war für venezianische Verhältnisse äußerst kalt. Die Kanäle hatten zwar keine Eisschicht, aber selbst die älteren Bewohner der Lagunenstadt konnten sich nicht erinnern, dass es über eine längere Zeit solche Minustemperaturen gegeben hatte.

Das hielt mich nicht davon ab, mal wieder eine Runde durch die abgelegenen Wasserwege zu schwimmen. Nach Einbruch der Dunkelheit zog ich mir meinen knallroten Neoprenanzug an, öffnete mein Wohnzimmerfenster und sprang mit einer Arschbombe in die trüben Fluten.

Es war ruhig geworden in unserer Stadt. Jetzt flanierten nur noch die Billigfliegertouristen durch die engen Gassen. Und natürlich die Passagiere der großen Reedereien, die mit ihren Clubschiffen, sehr zum Missfallen der meisten Venezianer, an fast jedem zweiten Tag den Hafen verstopften. Erst in der letzten Woche kam es wieder zu Zwischenfällen. Umweltaktivisten hatten die Landungstreppe angesägt und eine Gruppe japanischer Touristen fiel mitsamt ihrer Panasonics ins Wasser. Viele Kameras waren darauf hin Fuji und für immer weg.

Mir fiel nichts Verdächtiges auf. Nach einer guten Stunde beendete ich mein Rundschwimmen und freute mich auf einen ruhigen Fernsehabend.

Es lief einer der beliebten Hamburg-Krimis im TV: »Waterkant und Hasenmord«. Mein Lieblingskommissar Hein Fluter von der Davidswache auf Sankt Pauli ermittelte im Rotlichtmilieu. Es ging um eine nackte Männerleiche, die mit einem Dildo im Hintern hinterm Stripteaselokal »Blankenese« tot aufgefunden worden war. Hanebüchen, aber höchst unterhaltsam. Viel besser als all die tausend Venedig-Krimis, die immer abstruser zu werden scheinen.

Ich hatte jedenfalls viel Spaß und fieberte bis zum Schluss mit. Natürlich war mir bereits nach einer Dreiviertelstunde klar, wer der Täter war, schließlich ermittelt man auch in der Freizeit. »Einmal Bulle, immer Bulle!« Ich hasste es, wenn ich mich selbst so nannte.

Gegen 23.20 Uhr schaltete ich die Flimmerkiste nach den RAI II-Nachrichten ab und begab mich in mein Bett. Die Rheumadecke, die ich auf einer Kaffeefahrt erstanden hatte, taugte wirklich nichts. Dabei sollte ich eigentlich gegen den Veranstalter wegen Betruges ermitteln. Als Hüter des Gesetzes hat man auch mal ab und zu einen schlechten Tag.

In der Nacht schlief ich tief und fest.

Am nächsten Morgen trank ich einen schwarzen Filterkaffee, aß ein Aufbackbrötchen und begab mich in unsere Dienststelle. Und es gab Neuigkeiten. Da kam jede Menge Arbeit auf uns zu.

»Gut, dass Sie da sind, Lorenzo«, wurde ich von meinem Chef empfangen. »Calzonetti ist wieder aufgetaucht. Nicht mehr ganz frisch, um nicht zu sagen, tote Leichen bleichen schneller, falls Sie wissen, was ich damit sagen will. Man hat ihn heute morgen unter der Ponte della Paglia Sestiere San Marco treibend aufgefunden. Es ist sehr merkwürdig, aber auf seinem Hintern hat man mit einem Messer ein Ausrufezeichen eingeritzt. Ach so, noch etwas. Beide Ohren sind abgeschnitten worden und es fehlt das rechte Auge. Die Augenbrauen angesengt, die Fingernägel an allen neun Fingern sind herausgerissen. Wenn Sie fragen, was mit dem zehnten Finger ist? Wir wissen es auch nicht, da man ihm seinen linken Daumen abgeschnitten hat. Ehe ich es vergesse. Er hatte innere Verletzungen, sein Schulterblatt war ausgerenkt und beide Schienbeine waren gebrochen. Das Nasenbein wurde anscheinend mit einem Stein zertrümmert und seine Nabelschnur herausgetrennt. Sein Genitalbereich war okay. Damit können wir zumindest ein Sexualdelikt ausschließen. Vielleicht war es aber auch Selbstmord, aber wir werden erst einmal die Obduktion abwarten, bevor wir falsche Schlüsse ziehen. Leute, es kommt wieder Bewegung in den Fall. Ich zähle auf Sie. Weitermachen.«

Schon recht merkwürdig, diese Geschichte. Aber es sollte noch besser kommen.

Nachdem Calzonetti aufgeschnitten, ausgenommen und wieder zugenäht worden war, warteten wir gespannt auf die Worte von Dottore Esagerone. Er galt als einer der besten Gerichtsmediziner in Italien.

Als wir den kalten Raum in der Pathologie betraten, kam uns direkt ein merkwürdiger Geruch entgegen. Francesca Fraportini-Langenfeld nahm ein Prise zu sich, musste sich dann schütteln und verzog das Gesicht.

»Damit kann man nicht reich werden. Ein recht unangenehmer Duft. Undefinierbar, nix für mich. Würde ich auch nicht als Seife verwenden. Ekelhaft!«, sagte sie.

Stupido und ich schauten uns an und zuckten mit den Schultern. Wir betraten einen in hellem LED-Licht erstrahlten Raum.

Es war ganz schön kalt hier. Der Gerichtsmediziner begrüßte uns per Handschlag. Dann begab er sich in die Kühlkammer und kam mit dem angefrorenen ehemaligen Innenminister auf einer rollbaren Trage zu uns gefahren.

»Es tut mir leid«, sagte er, »wenn Sie schwache Nerven haben, sollten Sie jetzt nicht hinschauen.«

Er hob das grüne Tuch, das den Körper Calzonettis umschlang, etwas an, so dass zunächst nur sein Kopf sichtbar wurde. Schrecklich, wie man den armen Kerl zugerichtet hatte. So ganz ohne Ohren und mit nur einem Auge. Das war nichts Gutes fürs ästhetische Empfinden. Dann entfernte er das Tuch, bis dass der Innenminister nackt und zugenäht vor uns lag. Meine Kollegin trat fast bis an die Trage und musterte den Körper von oben bis unten.

»Gut genäht, Herr Doktor, war bestimmt nicht einfach dieser Zickzack-Kreuzschnitt.«

Der Mediziner fühlte sich geschmeichelt und ich glaubte zu erkennen, dass er leicht errötete. »Vielen

Dank, Kommissarin«, säuselte er meine Kollegin an. »Nun aber zu den Fakten. Die inneren Verletzungen haben mit dazu geführt, das Calzonetti relativ schnell verstarb. Keine Anzeichen von toxikologisch relevanten Einflüssen. Rechte Niere an den Nebenrinden leicht vernarbt, halb gefüllte Blase.«

Er deutete mit dem Zeigefinger auf eine knapp zu drei Vierteln gefüllte Literflasche mit einer gelblichen Flüssigkeit.

Dann fuhr er fort: »Für sein Alter ein normal großes Herz, Kalkablagerungen an den Halsschlagadern, was auf Nikotinabusus schließen lässt. Gereizte Schleimhäute, 30 Zähne, Weisheitszähne wahrscheinlich schon in der Jugend entfernt. Brückenglied im unteren Kieferbereich zwischen 31 und 33. Belegte Zunge. Hodenhochstand rechts, unbeschnittener Penis, starke Achselbehaarung. Doch nun halten Sie sich fest. In seinem lang gestreckten Magen befand sich …«

Der Doc hielt inne. Es war ein Knistern zu spüren. Wir warteten gespannt, auf das, was nun folgen würde.

Und der Mediziner setzte wieder an: »In seinem Magen befand sich …, tatata«, triumphierte er lautstark, »ein Überraschungsei. Nach dem Motto, was ist schon dabei, im Innenminister steckt noch ein Ei.«

Er öffnete einen Metallschrank, in dem ein großes Reagenzglas stand. In dem Glas, das mit einer Flüssigkeit gefüllt war, lag ein gelbes Überraschungsei aus Plastik. Der Politiker musste es wohl kurz vor seiner Misshandlung heruntergeschluckt haben.

»Und, was ist drin?«, fragte ich Esagerone.

»Falls es das siebte Ei war, ein Schlumpf mit Strapsen, aber ich vermute, dass der Minister etwas in dem Überraschungsei verborgen hat. Ich habe es noch nicht geöffnet.«

»Können wir es zur weiteren Untersuchung mit zu uns ins Kommissariat nehmen?«, fragte Stupido.

»Naturalmente, das Ei gehört Ihnen.«

Er griff mit einer Würstchenzange in das Reagenzglas und fischte das gelbe Beweisstück aus der Flüssigkeit.

»Vielen Dank, Herr Doktor, Sie haben uns sehr geholfen.«

»Keine Ursache«, erwiderte der Leichenkontrolleur und schnappte sich seine Knochensäge, um zum nächsten Leichnam zu schreiten.

Wir hörten nur noch ein ungutes Geräusch.

»Schnell raus hier«, flüsterte Francesca.

Sie war etwas blass an der Nase.

Sie bemerkte wohl, dass ich das bemerkte und bemerkte daraufhin: »Lieber blass an der Nase, als nass an der Blase, Kollega, wenn Du weißt, was ich meine?«

Ich wusste Bescheid. Wir gingen direkt ins Kommissariat. Als wir im Labor waren, schnappte sich unser Spurensicherungsexperte Toni Ficcanaso das Ei und legte es vorsichtig unter eine riesige Lupe.

Damit konnte er das Ei durchleuchten. Seine Pupillen erweiterten sich und er setzte einen noch größeren Leuchtkörper auf die Oberfläche. Man konnte schön sehen, dass sich im Inneren dieser Kinderüberraschung ein zusammengefalteter Zettel befand.

Wir baten den Experten, dass er das Ei öffnen möge. Und so geschah es. Es ploppte leicht und schon hatte Ficcanaso des Pudels Kern in seinen Händen. Die Spannung war groß. Wir waren gespannt, was auf dem Zettel zu lesen war.

Ficcanaso entfaltete das Blatt Papier, räusperte sich und begann zu lesen: »Es tut mir leid, dass ich den Strapsschlumpf nicht mit ins Überraschungsei zurückstecken konnte. Ich hätte sonst keinen Platz für diesen Zettel gehabt. Ich denke, wenn dieses Papier in die hoffentlich richtigen Hände geraten ist, dass ich zu diesem Zeitpunkt schon tot bin. Es ist wichtig, dass Venedig von einer großen Katastrophe verschont werden muss. Ich habe nicht mehr viel Zeit. In knapp fünf Minuten kommt mein Aufseher, um mich weiter zu quälen. Ich werde schlecht behandelt. Man hat mir gestern bereits beide Ohren abgeschnitten. Das war nicht schön. Aber ich verzettele mich. Also: Venedig ist Umschlagplatz für illegalen Geflügelhandel in ungeheurem Ausmaß. Wir hatten die Carne-Bande in Verdacht. Und wir hatten Recht. Maria Carne ist in Venedig untergetaucht und leitet dort ihre schmutzigen Geschäfte. Doch nicht nur die Carne-Bande hat ihre Finger im Spiel, hier geht es um viel mehr. Auch eine in Deutschland ansässige Firma, die groß in den Fleischhandel involviert ist, mischt die Branche in Italien auf. Es ist eine Art Bandenkrieg. Dass es zu den Explosionen und zu dem Mord an Alberto Dulce gekommen ist, liegt einzig und allein daran, dass Dulce zu viel wusste. Die Detonationen im Dezember und jetzt die Gelderpressung stehen in unmittelbarem Zusammenhang mit einer geplanten Großfusion. Doch dazu müssen erst die Deutschen aus dem Weg geräumt werden. Ich habe Hinweise dafür, dass schon in den nächsten Tagen ein weiteres Unheil auf Venedig zukommen wird. Jetzt, bevor es mit mir zu Ende geht, kann ich es ja sagen. Der SISMI weiß über all das bestens Bescheid. Es muss eine undichte Stelle beim Geheimdienst geben, sonst hätte man mich nicht gekidnappt. Wenden sie sich an General Properitas bei der Abteilung »Inneres und Äußeres – Dezernat Lebensmittelsicherheit«. Er wird ihnen weiterhelfen können. Ich höre Schritte. Ich muss aufhören. Ich werde gleich das Überraschungsei verschlucken. Es lebe Italien!! Ciao miteinander.«

Das war starker Tobak. Bandenkrieg in Venedig. Mitten in der Touristenhochburg Italiens. Wenn das mit den schlechten Nachrichten so weitergehen würde, wäre das ein Tiefschlag, den die Fremdenverkehrsindustrie erst einmal verdauen müsste. Zu dumm, dass Calzonetti uns nichts mehr über die Geflügelgeschäfte mitteilen konnte. So griff ich direkt nach unserem Treffen im Labor zum Telefonhörer.

»Lorenzo Brusketta, Mordkommission Venedig, bitte verbinden Sie mich mit General Properitas von der Abteilung Inneres und Äußeres«, sagte ich und wollte fortfahren.

»Vom Dezernat Lebensmittelsicherheit, meinen Sie sicherlich. Es tut mir leid, aber der General ist seit gestern im Urlaub. Er hat uns keine Nachricht hinterlassen, wo er sich aufhält. Das ist uns auch lieber so, denn sonst wäre er ja im Urlaub erreichbar. Und ich merke es auch«, sprudelte es aus der Vorzimmerdame des Generals heraus, »ich spüre es doch auch, wie wichtig es ist, einmal in Ruhe gelassen zu werden. Kein Handy, kein PC, kein Fernseher, keine Tageszeitung, keine Wochenzeitung, keine Illustrierten, kein GPS, keine App. Kein Nichts und kein Gar Nichts. Es kann so schön sein. Nein, nein, Commissario, da müssen Sie sich noch zweieinhalb Wochen gedulden, dann wird Properitas wieder an seinem Platz sein, falls man ihn nicht aufspürt und vorher entfernt, wenn Sie wissen, was ich meine.«

»Nun machen Sie mal halblang, meine Liebe. Soll das heißen, dass wir so lange warten müssen? Das kann ja wohl nicht wahr sein. Wiederhören!«, brummte ich in den Hörer und legte verärgert auf.

Ich setzte mich sofort mit Stupido zusammen und wir beratschlagten, wie wir nun weiter vorgehen sollten.

Für den nächsten Tag hatte sich Ministerpräsidentin Isabella Salsiccia mit dem frisch vereidigten Nachfolger Calzonettis, Giuseppe Zuppa angekündigt. Es sollte einen großen runden Tisch geben.

Alle relevanten Mitglieder der SEK Wojtala und geheime Geheimdienstler vom geheimen Geheimdienst SISMI wurden um 9.30 Uhr erwartet.

Wir wollten uns wieder im abhörsicheren Saal des Gefängnisses treffen. Und so geschah es dann auch.

Kollege Motta schaute mich Nase bohrend an und fragte: »Was denn für ein runder Tisch? In dem Saal steht doch nur ein viereckiger Tisch.«

Manchmal wünschte ich, dass Motta Maurer oder Hallenradrennfahrer und nicht Polizist geworden wäre.

Ich schüttelte nur den Kopf und sagte: »Das Runde ist das Eckige, Motta.«

Jetzt wusste er gar nicht mehr, was los war. Achtlos schnippte er seinen Popel an die Decke.

Immer häufiger ekelte es mich an, doch heute konnte mich das Gepopel nicht aus der Ruhe bringen.

»Vergiss es«, raunzte ich meinen Kollegen an, »sag lieber Katapultini Bescheid. Wir wollen nicht zu spät kommen.«

Nachdem Stupido und Francesca auch eingetroffen waren, setzte sich der Tross in Bewegung. Gegen 9.15 Uhr erreichten wir das Gefängnis.

Wir waren schon gespannt, was uns die Politiker und der Geheimdienst erzählen würden. Es sollte ein ereignisreicher Tag werden.

Als wir alle gemeinsam am Tisch saßen, kehrte absolute Ruhe ein. Ministerpräsidentin Isabella Salsiccia hatte einen großen Gong vor sich stehen. Nach einer Minute des Schweigens zugunsten von Antonio Calzonetti eröffnete das Staatsoberhaupt unsere Sitzung.

Sie nahm den Klöppel, der vor dem Gong lag, und schlug mit ungeheuerlicher Wucht auf den Metallteller, sodass dieser sich aus der Aufhängung löste und mit einem dumpfen »Gong« auf der Nase von Motta landete. Jetzt hatte er noch mehr Gründe, sich an seinen Riechkolben zu fassen.

»Hossa!«, sagte Salsiccia, lächelte und stieß einen leisen Seufzer der Entschuldigung aus.

Kollege Motta schien innerlich zu platzen, blieb aber äußerlich ganz gelassen.

Nach diesem Zwischenfall ging es dann in die Diskussion. Giuseppe Zuppa, der neue Innenminister, eröffnete: »Meine Damen und Herren, wer mich noch nicht kennen sollte, der wird mich ab sofort kennenlernen. Ich war in der letzten Regierungsperiode als Staatssekretär für Lebensmittel, Agrar und Forsten dem Landwirtschaftsminister sowie für Schwimmbaderhaltung und Denkmalsschutz dem Kulturminister und für Panzererhaltungsprävention dem Verteidigungsminister und für innere Sicherheit dem Innenminister unterstellt. Insofern kenne ich mich, was die Vorfälle betrifft, die in Venedig stattgefunden haben, bestens aus.«

Ich dachte eher, dass das, was dieser Clown bisher gemacht hatte, als Arbeitsbeschaffungsmaßnahme für Staatssekretäre mit Perspektive auf Frühverrentung hinauslief. Aber ich sollte eines Besseren belehrt werden.

Nach seinen Ausführungen, die allesamt glasklar mit einer an Perfektion grenzenden Direktheit auf den Tisch kamen, war ich überzeugt davon, dass man mit Giuseppe Zuppa den geeigneten Nachfolger für Calzonetti gefunden hatte. Er besaß sehr viel unnützes Wissen, was nicht immer schlecht sein muss.

So erfuhren wir zum Beispiel von einer sogenannten Tauben-Connection, die zwischen einem Züchterverein aus Bochum in Nordrhein-Westfalen in Deutschland und dem Verein zur Rettung der venezianischen Stadttauben bestand. Ziel dieser Kooperation war die Züchtung von robusten, flugsicheren Brieftauben. Im letzten Jahr hatte eine Kreuzung von venezianischen Stadttauben und Bochumer

Brieftauben dazu geführt, dass eine bestimmte Taubenart nicht nur weit fliegen, sondern nun auch exzellent schwimmen konnte. Dafür heimsten die Züchter aus dem Ruhrgebiet etliche Preise ein, zumal die Taubenneuzüchtung auch ein Hingucker fürs Auge war. Soweit so gut. Aber was hatte das mit unseren Vorfällen zu tun?

Der Geheimdienst hatte bereits vor acht Jahren einen V-Mann in die Bundesrepublik eingeschleust, der sich auch als Mitglied zu verschiedenen Taubenzüchtervereinen Einlass verschafft hatte. Heute war dieser V-Mann bei uns.

Und er hatte Erstaunliches zu berichten: »Kriminelle Energien findet man heutzutage anscheinend überall. Über diese neue Taubenzucht wurde im Zeitalter der digitalen Medien und der Überwachung eine Marktlücke aufgetan, was Informationsübermittlung betraf. Die Unterwelt kommunizierte mit diesen Tieren auf erfolgreichste Art und Weise. Nachrichten, die nicht an die Öffentlichkeit gelangen durften, wurden einfach per Tauben übermittelt. Kein Mensch außer mir wäre darauf gekommen. Was nutzt die totale elektronische Überwachung, wenn es doch viel einfacher geht. Selbst bei Nachrichten, die über mehrere Hundert Kilometer transportiert wurden, erwiesen sich die gekreuzten Italo-Ruhrpott-Tauben als ideale Boten. Und niemand wäre auf den Bolzen gekommen, die Tauben zu überwachen. Durch wen auch? Durch Geheimtauben? Aber wir haben das Ganze ja durchschaut. Durch den teilweise abgefangenen Brieftaubenverkehr sind wir an Details geraten, die uns nun hier in

Venedig weiterbringen werden. Doch dazu kann Ihnen Giovanni Varese mehr berichten. Bitte Commandante!«

Varese erhob sich, nahm einen Schluck aus seinem Wasserglas und räusperte sich kurz.

Dann legte er los: »Liebe Kolleginnen und Kollegen, die Lage ist Ernst, aber nicht Huberty. Venedig befindet sich im Bandenkrieg. Die Carne-Bande will mit allen Mitteln verhindern, dass die Gruppe aus der Bundesrepublik in Italien ins Fleischgeschäft einsteigen kann. Mit Dumpingpreisen mischt diese im Ruhrgebiet ansässige Firma den internationalen Geflügel-, Rind- und Schweinefleischmarkt auf. Aber der Preis muss ja auch irgendwoher kommen. Wir haben die Firma in Verdacht, dass sie Fleisch aufbereitet, wenn Sie verstehen, was ich damit sagen will. So nach dem Motto »Das Auge isst man mit« sollen angeblich geheime Substanzen den Lebensmitteln zugesetzt werden. Und das ist nicht unbedingt appetitlich. Pansen, Innereien, Gammelfleisch aus abgelaufener Supermarktware und noch mehr ungesundes Zeug sollen verarbeitet werden. Und darauf hatte sich ja wohl auch die Carne-Bande konzentriert. Der Markt für Gammelfleisch ist dadurch ständig gewachsen. Und je weniger Angebote an sauberem Essen, desto höhere Preise müssen die Lebensmittelpanscher an die skrupellosen Verkäufer von verdorbenem Essen zahlen. Das ist nicht gut für die Rendite. Im Darknet kann man auf den Verbrecherbörsen bereits auf fallende oder sinkende Gammelfleischpreise wetten. Ein Kreislauf hat sich in Bewegung gesetzt, den es zu unterbrechen gilt. Da die Fleischmafia aus Deutschland wahrscheinlich schon italienische Scheinfirmen gegründet hat, wäre es wichtig, dass wir schnellstens herausbekämen, wo sich die Hauptdrahtzieher aufhalten. Wir haben in der letzten Woche einen ersten brauchbaren Hinweis erhalten. Der Kopf der Ruhrgebietsbande ist ein gewisser Django Koslewski aus Oer-Erkenschwick. Er und seine Kumpanen haben den deutschen Fleischmarkt voll im Griff. Immer wieder ist versucht worden, den Ganoven nachzuweisen, dass nicht alles Schwein ist, was hinter der Theke liegt. Aber es ist uns noch nicht gelungen, mehr zu erfahren. Daher würde ich es begrüßen, wenn zwei Ihrer Leute, Stupido, getarnt als Einkäufer eines Fleischwarengroßhandels in Italien, Kontakt zu Koslewski und Co. aufnehmen würde. Die Leute vom Duce und meine Truppe werden sich in der Zwischenzeit in Venedig um das Wohlergehen der Bürger kümmern. Noch mehr Negativschlagzeilen können wir uns nicht erlauben. Frau Ministerpräsidentin, Sie haben nun das letzte Wort.«

Isabella Salsiccia stand auf, erhob ein Glas mit edlem Grappa gefüllt, setzte es an die Lippen, kippte es in einem Zug hinunter und sagte: »Hossa!!«

Welch grandioser Abschluss. Nun waren wir etwas besser informiert. Warum dieser Bandenkrieg aber ausgerechnet in Venedig stattfinden musste, erschloss sich uns zunächst nicht.

Als wir ins Büro zurückkamen, hatte unsere Praktikantin Rita Pavone bereits Kaffee für die gesamte Belegschaft gekocht. Sie war 25 Jahre alt und hier bei uns war es ihr 18. Praktikumsplatz. Sie hatte bereits mit 17 ihre Hochschulreife erlangt, mit 19 ihr Studium abgeschlossen, doch der Bedarf an ausgebildeten Theologinnen, gerade bei katholischen Absolventinnen, war im Zuge zunehmender Religionsmüdigkeit nicht gerade groß. So hielt sie sich mit dreimonatigen Praktika über Wasser, was ja in Venedig nicht unbedingt verkehrt sein muss.

Bevor sie bei uns anfing, hatte Rita bei einem Metzgermeister aus Bologna, der seit zig Jahren sein Hauptgeschäft in der Nähe des Teatro la Fenice gegenüber der Bugno Art Gallery hat, gearbeitet. Und wie es der Zufall wollte, konnte uns Rita in unserem Fall wertvolle Tipps geben.

Nach der Arbeit begleitete mich die Praktikantin immer ein Stück auf den Nachhauseweg, weil sie nur zehn Minuten von meiner Wohnung entfernt wohnte. Sie hatte ein kleines Appartement im dritten Stock eines ziemlich herunter gekommenen Hauses für unverschämt teure Miete bezogen. An diesem Abend fragte ich Rita, ob sie noch Lust auf einen kleinen Absacker bei Luigi in der Pferdebar am Palazzo Duodo hätte. Sie hatte. Und so erzählte sie mir den ganzen Abend lang aus ihrem rastlosen Leben.

Es sprudelte nur so aus der jungen Frau heraus. Wie ungerecht die ganze Welt doch sei und dass Venedig zwar schön aber in gewisser Hinsicht auch potthässlich sei. Was habe sie nicht schon alles versucht, um an einen festen Job zu gelangen. Ihr war das Theologiestudium mittlerweile so was von egal, dass sie selbst eine Arbeit annehmen würde, die mit Christentum gar nichts zu tun habe. Alles würde sie machen, nur nicht auf den Straßenstrich gehen, was in Venedig auch schnell zu Unterleibsentzündungen und Blasenkatarrh führen kann. Schließlich kamen wir im Laufe des Abends auf ihre letzte Stelle zu sprechen, dem Praktikumsplatz beim Metzgermeister Cavallo aus Bologna.

»Herr Brusketta«, sprach die kleine Frau mit den rehbraunen Augen, »ich kann Ihnen sagen, das, was ich bei diesem Fleischer erlebt habe, das geht auf keine Kuhhaut.«

Ich unterbrach Signorita Pavone und bot ihr an, mich Lorenzo zu nennen. Sie errötete, nahm das Angebot aber dankend an.

Über eine Stunde referierte sie über die Machenschaften des Metzgers, der offensichtlich monatlich Schutzgeld an einen der Abkassierer der Carne-Bande zahlen musste. Er bezog auch das meiste Fleisch von dieser dubiosen Firma. Rita war aufgefallen, dass bei einem der Transporte, die grundsätzlich spät nach Feierabend oder aber vor den regulären Öffnungszeiten stattfanden, Reste von Verpackungen in der großen Fleischwanne, in denen die Lebensmittel angeliefert wurden, lagen. Auf mehreren Etiketten konnte man noch das Mindesthaltbarkeitsdatum erkennen. Das Fleisch war jedes Mal um vier bis fünf Monate abgelaufen.

Es sei ihr nicht entgangen, dass sich bei den Fleischlieferungen immer ein Sack mit einer undefinierbaren, braunfarbenen und unangenehm riechenden, gelartigen Masse befand.

Eines Abends bekam sie mit, wie der Metzgermeister bei der Herstellung von Hackfleisch diese Mischung unter das Fleisch, das nicht mehr gut aussah, mengte. Anschließend wurde noch eine Marinade, die angenehm roch, mit in den eisgekühlten Hackfleischherstellungskübel gefüllt.

»Und schwuppdiwupp«, sagte die Praktikantin, »war aus Gammelfleisch 1-A-Hackfleisch geworden. Glauben Sie mir, Lorenzo, das war nicht schön. Ich habe drei Kreuze gemacht, als ich nach zweieinhalb Monaten fertig war. Nix gegen Cavallo. Was sollte er machen? Zahlt er nicht und kauft kein Fleisch von der Bande, findet er sich schnell als Boje im Hafenbecken von Venedig wieder. Und zwar unter Wasser. Und das ist auch nicht schön.«

Bei Rita Pavone war alles nicht schön. Aber so ist es nun einmal in unserer schön globalisierten Wirtschaft.

»Pecunia non olet«, sagte ich und sah in Ritas leicht müde wirkenden Augen.

Sie griff nach einem 10-Euro-Schein, schnupperte daran und erwiderte: »Doch, das ist ja das Fatale. Es zählt nur noch Kohle. Und Geld stinkt doch, basta!«

Wir unterhielten uns noch eine weitere Stunde lang über den Spätkapitalismus, über Marx, über Engels, über Frankenstein und Haferbrei, über Hinz und über Kunz, über Heute, über Morgen, über Übermorgen.

Als Luigi uns hinausbeförderte, war der Morgen schon angebrochen. Es lohnte sich zwar kaum noch, doch ich begab mich nach Hause und legte mich für ein paar Stunden aufs Ohr. Nach dem Frühstück machte ich mich auf den Weg ins Kommissariat. Es sollte wieder ein ereignisreicher Tag werden.

Als ich die Tür winkelförmig öffnete, kam mir eine kleine grauschwarze Katze entgegen. Sie schmiegte ihren Rücken an mein Bein. Da ich Katzen nicht ausstehen konnte, griff ich ihren hochgestellten Schweif, drehte mich um, ging vor die Tür und schleuderte das Vieh, so wie es ein Hammerwerfer auch tun würde, nach drei Körperdrehungen in den gegenüberliegenden Kanal.

»Nummer 7, Lorenzo Brusketta, 38 Meter und 27 Zentimeter, italienischer Rekord im Katzenweitwurf«, hörte ich die Stimme von Francesca Fraportini-Langenfeld an mein Ohr dringen, »Respekt, Lorenzo, ganz schön agil am frühen Morgen.«

Als sie an mir vorbeiging, erschnupperte ich einen süßlichen Duft. Es roch nach Melone-Maracuja mit Mascarpone. Wie zufällig streifte dabei ihre linke Hand mein rechtes Schulterblatt. Dabei schaute sie mich lustvoll an. Ich musste standhaft bleiben.

In leichtem Abstand betrat ich nach meiner Kollegin den Raum. Motta und Katapultini unterhielten sich über die unnötige Niederlage vom AS Rom im Pokalspiel gegen den US Lecce.

US Lecce?

Bei diesem Verein fiel mir eines der ersten Opfer ein, den dieser Fall mit sich gebracht hatte: der arme Pfarrer der Kapelle Maria dell'Orto, Monsignore Postini, den die Gangster skrupellos umgebracht hatten. Und von dem Geld fehlte ja auch noch jegliche Spur.

Stupido lud zum Tageseinsatzplan ein. Während die meisten Kollegen weiter in Venedig ermitteln sollten, ging mein Chef auf den Vorschlag von SEK-

Mann Varese ein, zwei von uns nach Deutschland zu schicken, um die Lage dort zu checken.

»Nachdem du dir die Hände gewaschen hast, Motta, gehst Du bitte mit Katapultini auf Zivilstreife. Ich möchte euch bitten, dass ihr euch den ganzen Tag in der Nähe des Metzgermeisters Cavallo aufhaltet. Ein SEK-Mann hat angerufen. Es könnte sein, dass heute eine Schutzgeldübergabe stattfindet. Ich erwarte höchste Konzentration und vor allen Dingen müsst ihr die Leute, die den Laden betreten, fotografieren. Ich zähl auf euch.

Lorenzo, Francesca, nun zu euch. Morgen früh um 7.14 Uhr geht ein Billigflieger nach Deutschland. Ihr werdet in Weeze, nahe der niederländischen Grenze landen, falls das Flugzeug genug Sprit an Bord hat. Billigflieger, ihr versteht?«

Na klar, wir verstanden. Ich sollte also mit Francesca ins Land der Krautfresser und Biersäufer aufbrechen. Alleine hätte mir das überhaupt nicht gefallen. Aber so, mit Kollegin Francesca, getarnt als Besitzerehepaar eines Fleischgroßhandels aus Rom, ich war gespannt, was sich daraus entwickeln würde.

Nachdem wir über unser Vorgehen in Deutschland geredet hatten, begaben wir uns aber erst einmal an die Schreibtische. Die Büroarbeiten machten inzwischen mehr als 50 Prozent unserer Arbeitszeit aus. Formulare hier, Formulare da. Aber es musste auch mal sein. Ich hatte meine letzten Reisekostenabrechnungen ausgefüllt und wollte mittags noch zu Kalkreuter.

»Kommst du mit, Francesca?«, fragte ich meine gut aussehende Kollegin.

»Tut mir leid, Lorenzo, ich ermittle gerade bei Douglas, es geht um ein gut riechendes Indiz, alles klar, Herr Kommissar?«, grinste die junge Dame.

Ich wusste Bescheid. Ich war gespannt, welchen Duft sie morgen im Flieger auflegen würde. Das sollte ich ja schon bald erfahren.

Um Punkt fünf Uhr holte mich ein Taxi-Boot ab. Francesca saß bereits im Heck des Schiffes. Der Fahrer sollte uns nach Venedig-Tessera bringen, wo die Billigflieger starten und landen. Mir blieb fast die Luft weg, als ich Francesca Fraportini-Langenfeld dort hinten sah. Ein Ledermantel vom Feinsten, Sonnenbrille, Strohhut und High-Heels, die sie gleich um einen halben Meter größer wirken ließen.

»Buongiorno, Matteo«, säuselte sie und gab mir einen Kuss auf die linke Wange.

Ich war zunächst verdutzt, doch dann verstand ich: »Buongiorno, Aurora«, erwiderte ich.

Schließlich waren wir ja jetzt das neureiche Unternehmerpaar Matteo und Aurora Farina.

Die echten Fleischgroßhandelsunternehmer hatten wir vorsorglich aus dem Verkehr gezogen. Sie weilten auf den Azoren und machten auf Staatskosten für mehrere Wochen dort Urlaub.

Wie zwei frisch verliebte Menschen turtelten wir, bis wir am Flughafen Tessera abgesetzt wurden. Es war noch relativ ruhig hier. Die Sicherheitskontrollen konnten wir ohne weitere Zwischenfälle passieren und so saßen wir dann gegen sieben Uhr in Reihe 24 links auf den Sitzen B und C. Der Fensterplatz sollte frei bleiben. Insgesamt war der Flieger nicht gerade gut besetzt. Wir hofften nur, dass der Flugkapitän und der Steward nicht ein und dieselbe Person waren. Nachdem die Maschine, eine Boeing 737 einer Fluggesellschaft aus Irland, abgehoben hatte, bemerkte ich, dass Francesca mit zunehmender Flugdauer nervöser wurde.

»Was ist los mit dir France ... äh, ich meine Aurora«, fragte ich meine vermeintliche Gattin, »ist dir schlecht? Hast du Flugangst? Kann ich dir helfen? Musst du zur Toilette?«

Sie schüttelte nur den Kopf: »Nein, ich kann es nur nicht erwarten.«

»Was denn?«, wollte ich von ihr wissen.

»Na den Duty-Free-Parfum-Verkauf, was denn sonst?«

Ja, was denn sonst, da hätte ich doch drauf kommen müssen. Aber so konnte ich mich ja auch noch mit ein paar zollfreien Zigaretten auf Staatskosten eindecken. Es sollte ja alles so natürlich wie möglich wirken. Kein Mensch durfte erfahren, in welcher Mission wir unterwegs waren.

Planmäßig nach einer Stunde und 35 Minuten landeten wir recht unsanft auf der Buckelpiste des Flughafens Düsseldorf-Weeze. Düsseldorf und Weeze, das ist fast zu vergleichen mit Trapani und Palermo oder Washington und New York, Paris und Nizza oder Reykjavík und Oslo. Egal, wir waren schließlich sicher gelandet.

Da eine Tür klemmte, mussten wir den Flieger über die Notrutschen verlassen. Ein bereitgestellter Bus, der wohl noch aus den Nachkriegsjahren stammte, brachte uns dann zur Halle, in der die Gepäckrückgabe stattfand. Ziemlich schnell hatten wir unsere Koffer in Empfang nehmen können.

Als wir vor das Flughafengebäude traten, sahen wir auf der gegenüberliegenden Straßenseite in der Nähe des Taxistandes einen Chauffeur, der ein Schild mit der Aufschrift »Familie Farina« hochhielt. Eins musste man dem SISMI lassen. Es war gut organisiert. Wir nahmen unser Gepäck und überquerten die Straße. Als Codewort hatten wir für diese Aufgabe den Namen der Tochter von Nero und Poppea, nämlich Claudia, ausgewählt.

Wir gingen auf den Fahrer zu, der uns mit »Guten Morgen, Claudia«, begrüßte.

»Hallo, Claudia«, erwiderte ich und Francesca, beziehungsweise Aurora, nahm auf der Rückbank der deutschen Luxuslimousine Platz

Als sich der Wagen in Bewegung gesetzt hatte, blickte der verkleidete Chauffeur in den Rückspiegel und stellte sich vor: »Hasso von Rechtsofen, SISMI-Offizier aus Leidenschaft und aus Rüdesheim. Von dort ist meine Mutter. Mein Vater Leandro Sesugio hat den Namen meiner Mutter angenommen. Er hatte schon immer ein Faible fürs Adelige. Und so ist es dann gekommen. Ich hoffe, dass Sie einen angenehmen Flug hatten. Wir fahren nun nach Essen, das ist im Ruhrgebiet, ein Vorort von Bochum. Sicherlich kennen Sie das Bergbaumuseum, das Planetarium, das Musical Starlight-Express, den VfL Bochum, den beliebtesten Fußballverein Deutschlands, neben Bayern München. Da in Bochum jedoch alle Hotels besetzt sind, haben wir Ihnen eine Suite im Glückauf-Hotel in der Nähe des Gruga-Parks besorgt. Dort können Sie sich erst einmal frisch machen. Ich setze Sie dort ab. Gegen 16 Uhr werde ich in der Hotelbar auf Sie warten.«

Kurze Zeit darauf stiegen wir aus dem Luxuswagen und checkten in Essen ein. Unser Deutschlandabenteuer nahm seinen Lauf.

Mit allem hatten wir gerechnet, aber dass Ciriaco Fritzpatrick vor unserem Hotel »Eviva Espana« auf einer Drehorgel kurbelte, verwunderte uns schon. Als ich ihn fragte, warum er in Deutschland unterwegs sei, antwortete er singend: »Schön war die Zeit, zu zweit mit Monika. Liebe, Amore, Schmusen, Küssen, Petting, Zitzenzupfen, Commissario, wenn Sie wissen, was ich meine. Die Liebe treibt ein seltsames Spiel. Komm unter meine Decke, Love is in the air. Alles wegen Monika, dieses deutsche Brünettenwunder mit den gelockten Extensions aus Rosshaar von Rossmann. Rosamunde, ich hab Dich nackend gesehen.«

Dann blies er »Volare« in seine vergoldete Tuba. Francesca blickte mich fragend an. Ich zuckte nur mit den Schultern und flüsterte ihr »Zitzenzupfen« entgegen.

»Alles klar, Lorenzo. Lass uns weiter ermitteln. Als wir das Hotel beraten, hörten wir Fritzpatrick im Hintergrund »Wenn bei Capri die rote Sonne im Meer versinkt« als Shortversion auf einer D-Dur-Bluesharp spielen. Eine merkwürdige Begegnung. Doch jetzt wollten wir erst einmal einchecken.

Wer auch immer unser Zimmer gebucht hatte, es war der Hammer. Die Suite im Glückauf-Hotel hieß »Unter Tage«. Und das nicht zu Unrecht.

Als uns der Hotelboy die Tür öffnete, staunten wir nicht schlecht.

Zunächst glaubten wir, dass wir in einer Art Vorraum oder in einem Flur standen, aber dem war nicht so. Es war ein Fahrstuhl.

Der freundliche Mitarbeiter des Hotels wünschte uns einen guten Aufenthalt und sagte verschmitzt: »Gute Fahrt, Claudia.«

Es war also ein weiterer Geheimdienstmitarbeiter in unserer Nähe. Dann steckte der junge Mann einen Schlüssel ins Schloss, dreht ihn zweimal nach links, zog ihn wieder heraus, verließ den Fahrstuhl und schon ging es mit uns in die Untiefen des Ruhrgebiets.

Was zunächst wie ein gut inszenierter Gag aussah, hatte schon einen ernsten Hintergrund. Denn als wir nach circa zehn Sekunden Fahrt anhielten und sich die Tür öffnete, staunten wir nicht schlecht. Wir standen vor einem riesigen Tresor.

Wie wir später erfuhren, befand sich im Gebäude des Glückauf-Hotels früher die Hauptfiliale eines Essener Kreditinstituts. Den Tresor hat man dann an seinem Platz gelassen. Jetzt diente er dem deutschen Geheimdienst als abhörsicherer Treffpunkt. Die Tresortür wurde von innen geöffnet und ein bullig aussehender Mittvierziger im Nadelstreifenanzug stand uns gegenüber.

Er hielt uns die Hand zum Empfang hin: »Ich grüße Sie im Namen des BND. Mein Name ist Hase, ich weiß alles. Ehe ich es vergesse«, fügte er hinzu, »Claudia. Ich denke, so viel Zeit und Vertrauen muss sein.«

Nach der Begrüßung stellte uns der deutsche Geheimdienstler noch seinen Mitarbeiter Marcello Emigrante vor. Er war vor 20 Jahren aus Italien ausgewandert und hatte beim BND angeheuert.

»Claudia«, sagte der braungebrannte Kollege, »ich freue mich, meine Landsleute hier willkommen zu heißen. Es wird mir eine besondere Ehre sein, hier in Deutschland ihr direkter Ansprechpartner zu sein.«

Francesca musterte den gut aussehenden Italiener mit mittlerweile deutschem und italienischem Pass. Offenbar schien er ihr zu gefallen. Aber warum auch nicht. Sie war ja noch jung und sobald Agenten im Spiel sind, ist ein sexueller Gedanke gar nicht so abwegig. Man kennt das ja aus Filmen und schlechten Kriminalromanen.

Aber nun stand für uns die Ermittlungsarbeit an. Wir setzten uns an den großen Tisch aus Metall und tauschten unser Wissen aus. Nachdem uns Heinrich Hase per Dia-Show die verdächtigen Drahtzieher aus Deutschland per Bild vor Augen geführt hatte, brachten wir unsere Kenntnisse zum Fall dar. Schon nach ein paar Minuten war klar, dass es sich nicht nur um einen Gammelfleischskandal handelte, es ging vielmehr um die Weltherrschaft im globalisierten Fleischhandel.

Und mit dabei war natürlich unsere Carne-Bande, die fast alle Länder im Griff hatte. Dem Firmenimperium rund um Metzgermeister Koslewski aus Deutschland war das mehr als ein Dorn im Auge. Koslewski verfügte über exzellente Kontakte zur Unterwelt. Er hatte die Bürgermeister vieler Kommunen durch großzügige Spendenzuwendungen gefügig gemacht. So war es auch zu erklären, dass er im Münsterland in der Nähe von Warendorf mittlerweile nahezu alle Schlachthöfe aufgekauft hatte. Zu wahnsinnig günstigen Konditionen. Dass nicht alles mit rechten Dingen dabei zuging, zeigte die Tatsache, dass es merkwürdigerweise immer nach gescheiterten Verhandlungen zu mysteriösen Todesfällen gekommen war. Erst in der letzten Woche, nach dem geplatzten Deal mit der größten Putenfarm in NRW, in der Nähe von Billerbeck, war es zu einem sehr ungewöhnlichen Unfall gekommen. Sowohl der Bürgermeister als auch Großbauer Roche von der Bürgerinitiative »Rettet die Billerbecker Feuchtgebiete« waren auf ungewöhnliche Art und Weise ums Leben gekommen.

Bei der Einweihung einer neuen Solaranlage auf dem Dach von Ökobauer Hubert Mertens hatten sowohl der Bürgermeister als auch der Großbauer einen tödlichen Stromschlag erlitten, nachdem einer von ihnen einen Stecker in die Verlängerungsschnur des anderen gesteckt hatte. Statt Strom aus der neuen Solaranlage war Wechselstrom in nicht lebensbejahender Menge durch die Körper der unbescholtenen Umweltschützer geflossen. In der Nähe soll auch Uwe-Björn Koslewski, der Sohn des Fleischmagnaten, gesehen worden sein. Gegen ihn liefen bei der Staatsanwaltschaft Bochum mehrere Ermittlungsverfahren wegen gefährlicher Körperverletzung. Nachweisen konnte man bislang nichts.

Die Angst ging um. Gerade in den ländlichen Gebieten herrschte schon fast Panik. Im Kreis Büren, in Leiberg, einem Vorort vom Kurort Bad Wünnenberg, war es zu einer merkwürdigen Erkrankung von neugeborenen Ferkeln gekommen. Sie kamen mit fünf Beinen und zwei Schnauzen auf die Welt. Es traf jedoch immer nur die Ställe, die sich geweigert hatten, ihr Vieh für Dumpingpreise an eine von Koslewskis Firmen zu veräußern.

Da konnte es auch schon mal passieren, dass der Pastor am heiligen Sonntag direkt mit der Kanzel, die abends zuvor angesägt worden war, in die gläubige Dorfgemeinde, die friedlich unten auf den Holzbänken saß, um den ethischen Worten des Gottesmannes zu lauschen, hinein rauschte.

Manch Beerdigungsunternehmer im Sauerland hatte in den letzten Wochen mehr zu tun als in den letzten zwei Jahren zuvor. Kaum ein Landwirt, der sich jetzt noch traute, nicht zu vorgegebenen Preisen zu verkaufen. Wohin das führte, das konnte man sowohl in Italien als auch in Deutschland deutlich spüren. Nach all den Ausführungen war allen Beteiligten bewusst geworden, dass sich Deutschland und Italien im Fleischkrieg befanden. Denn sowohl Maria Carne aus Rom als auch Metzgermeister Koslewski aus Oer-Erkenschwick, der Hochburg des organisierten Verbrechens in Nordrhein-Westfalen, bekämpften sich mit allen Mitteln.

Was jedoch nach wie vor unklar war. Was hatte ausgerechnet Venedig, wo es mit der Schweine- und Rinderzucht nicht so gut bestellt war, mit der ganzen Sache zu tun?

Francesca und ich waren nach mehr als zehn Stunden froh, dass wir mit dem Fahrstuhl wieder an das Licht der Welt gelangten. Erst jetzt wurde uns von dem freundlichen Kollegen und Mitarbeiter des SISMI unser richtiges Hotelzimmer zugeteilt. Die Koffer standen bereits vor dem großen Kleiderschrank. Die Suite war etwas verbaut. Allein der Korridor war 18 Meter lang. Na klar, wir befanden uns ja in der Halle der ehemaligen Filiale eines Geldinstitutes.

»So, Lorenzo«, sagte meine Kollegin und deutete mit dem Zeigefinger auf die rote Couch. »Da wirst du übernachten, Ich nehme dann das unbequeme Boxspringbett.«

Damit hatten sich meine lüsternen Gedanken, schon bevor ich sie weiterspinnen konnte, wieder in Luft aufgelöst. Es war ja klar, dass Francesca, knapp 20 Jahre jünger als ich, keinen Bock auf ein Abenteuer mit einem Polizisten hatte, der kurz vor der Frühpensionierung stand.

»Das hatte ich mir genau so vorgestellt«, log ich der Kollegin ins Ohr.

Sie lächelte nur verschmitzt und verschwand mit ihrem Kosmetikkoffer, ein Trolley auf vier Rädern, prall gefüllt mit duftigen Sachen, im großen Badezimmer.

Der Raum diente früher als Büro des Sparkassendirektors. 24 Quadratmeter Fläche. Nicht zu klein. Das Besondere war; selbst an der Decke hing ein Spiegel. Man konnte sich also selbst beim Gurgeln zuschauen. Dieses Hotel hatte Stil.

Nach einer guten Stunde stand Francesca Fraportini-Langenfeld dann vor meiner Couch. Sie hatte ein Nichts von Pyjama an. Wie zufällig streifte sie mit ihrer linken Hand mein rechtes Ohrläppchen.

»Gute Nacht, Lorenzo«, flüsterte sie und entschwand engelsgleich in ihr riesiges Boxspringbett.

»Gute Nacht, Kollegin«, erwiderte ich und drehte mich auf die linke Seite.

Kurze Zeit später schlief ich ein.

Am nächsten Morgen trafen wir uns schon recht früh mit Heinrich Hase, um mit ihm auf Entdeckungstour zu gehen.

Er hatte für neun Uhr einen Wolfsburger Mittelklassewagen mit enorm guten Abgaswerten, wie er ausdrücklich betonte, geordert. Damit wollte er uns die Stand- und Tatorte der Koslewski-Bande zeigen.

Er war natürlich auch mächtig stolz, uns seine Heimat näherbringen zu dürfen. Zugegebenermaßen dachte ich bislang immer, dass im sogenannten Kohlenpott die Briketts niedrig fliegen, die Menschen mit Grubenlampen und verrußten Kleidungsstücken umherirren, also da, wo die Sonne verstaubt, asthmaanfällig durch die Straßen eilen. Weit gefehlt.

Wie grün es im Westen Deutschlands ist, zeigte uns Hase bei einem Aufenthalt auf dem Förderturm, der vor dem Bergbaumuseum in Bochum steht. In schwindelnder Höhe hat man hier einen herrlichen Blick über das gesamte Revier. Er lud uns auch noch zu einer Fahrt »Unter Tage« ein, wie der Ruhrgebietler sagt.

Mit einem Förderkorb, einer Art Aufzugkabine, die an einem Seil im Schacht hängt und von einer Fördermaschine auf- bzw. abwärts bewegt wird, ging es in rasanter Geschwindigkeit in die Untiefen des Bergbaus. Es war schon beeindruckend, aber wir waren ja nicht in Deutschland, um Kohle zu fördern. Es gab schließlich Wichtigeres zu tun!

Am Nachmittag fuhren wir mit dem deutschen Kollegen zum Bochumer Schlachthof. Hier gab es vor zehn Jahren schon einmal einen ähnlichen Fall wie den unseren.

Nur ging es damals nicht um Vorherrschaft auf dem Fleischmarkt, hier ging es um nichts anderes als um die Weltherrschaft. Doch die Bande, die um 2008 fast alles im Griff hatte, wurde letztendlich aus den Verkehr gezogen.

Heinrich Hase referierte: »Der Kopf der Bande, besser gesagt die Köpfin der Bande, war eine gewisse Frau Schnöder. Nachdem man ihr jedoch den Mord, der sich seinerzeit hier im Bochumer Schlachthof ereignet hatte, anlasten konnte, wurde sie festgenommen und zu einer lebenslangen Haftstrafe verurteilt. Auch der Rest der Verbrecher erhielt mehrjährige Freiheitsstrafen. Karin Schnöder kam im Februar 2010 auf dubiose Weise im Gefängnis ums Leben. Wie alle Häftlinge übte auch sie einen kleinen Job im Knast aus. Eines Morgens lag sie tot in ihrer Zelle. Jemand musste ihr beim Putzen den Kopf in den Wischeimer gesteckt haben. Sie ist jämmerlich ertrunken. Wer das war, ist bis heute nicht bekannt. Da sich die Tat aber im Frauentrakt abspielte, ist davon auszugehen, dass es eine Mitinsassin aus dem Bereich Mord- und Totschlag war. Warum ich Ihnen das alles erzähle, hat folgenden Hintergrund: In den sogenannten Schinkenskandal, wie der Fall im Volksmund genannt wurde, war auch Metzgermeister Koslewski involviert. Man konnte ihm jedoch in keinerlei Hinsicht etwas nachweisen. Nachdem mehrere seiner Freunde aus dem Gefängnis entlassen worden waren, kam es dann wieder vermehrt zu den Zuständen, die wir ja bereits kennen. Interessant im Zusammenhang mit den Vorfällen bei Ihnen in Venedig ist auch, dass 2008 zur gleichen Zeit drei hochrangige Mitglieder der Mafia in Rom für einigen Wirbel sorgten, um im Kampf des globalisierten Handels kriminell tätig zu sein. Ich erinnere nur an die Affaire des damaligen Ministerpräsidenten Angelo Brandardi mit der Patrica Downsmith, der Tochter des Reederkönigs aus den Vereinigten Staaten von Amerika. Wie das endete, ist uns allen wohl noch im Gedächtnis geblieben. Nie werde ich das Bild vergessen, wie die Eingeweide der beiden in einem Schweinetrog und die aufgeschlitzten Körper in einer Güllegrube wieder auftauchten. Ganz zu schweigen von den Todesfällen im Pentagon, im Kreml, im Vatikan und in Oer-Erkenschwick. Und da schließt sich der Kreis. Koslewski und seine Bande stehen nach wie vor in Verdacht, alles aus dem scheinbar beschaulichen Ruhrgebiet zu lenken. Nur die italienischen Kontrahenten erwiesen sich bisher als äußerst zäh. Aber durch die Zwischenfälle bei Ihnen ist klar geworden, dass die deutsche Bande sich so langsam in Italien breit gemacht hat. Doch nun lassen Sie uns direkt in die Höhle des Löwen begeben. Steigen Sie ein, wir fahren nach Oer-Erkenschwick.«

Wir setzten uns auf die Rückbank des Autos aus Wolfsburg und fuhren in Richtung Recklinghausen auf die Autobahn A 43. Etwas außerhalb der Stadt lag in einem kleinen Waldstück, nicht einsehbar von der Straße, ein großer Bauernhof. Wenn man sich dem Gebäude näherte, sah man, dass sich Haus und Stallungen allesamt hinter meterhohen Zäunen befanden. Auf der Zufahrt zu dem Gelände war rechts und links Natodraht gespannt und über dem großen Einfahrtstor, das selbstverständlich verschlossen war, zeigten mehrere Kameras, dass es ein unmögliches Unterfangen war, unerkannt hier einzudringen. Hase wollte gerade aussteigen und auf das Haus zugehen, da öffnete sich ein kleines Türchen, das in dem Tor eingebaut war und zwei Männer mit vier Pitbulls kamen auf uns zu.

»Was wollen Sie hier?«, fragte einer der Wächter und hielt zwei der Hunde an kurzer Leine.

»Ähm, wir haben uns wohl verfahren, wir wollten eigentlich zum Restaurant Haus Ahleworst«, sagte unser deutscher Kollege.

Misstrauisch umkurvte der zweite Aufseher unser Auto: »So so, Haus Ahleworst, da müssen Sie umkehren und an der dritten Kreuzung die zweite Ausfahrt links nehmen. Das hier ist Privatgelände. Niemand hat hier etwas zu suchen. Also!«, zischte uns der unangenehm aussehende Gorilla an.

»Ja, ja, ist ja schon gut, wir sind dann mal weg!«, sprach Hase und wir drehten um und fuhren zurück in Richtung des Restaurants.

»Sehen Sie«, sagte Hase, »Koslewski hat sich richtig eingeigelt, hinter diesen Mauern spielt sich alles ab. Dort werden alle Pläne geschmiedet. Wir werden versuchen, einen von unseren Leute dort einzuschleusen.«

Nachdem wir im Restaurant Haus Ahleworst gespeist hatten, wussten wir, warum der Laden so hieß. Bodenständige deutsche Küche mit westfälischem Einschlag. Danach ging es wieder zurück ins Hotel nach Essen.

Am nächsten Tag tauschten wir weitere Einzelheiten aus. Und je länger wir uns unterhielten, desto klarer wurde uns, dass die Koslewski-Truppe in Kürze in Italien zuschlagen würde.

Auch aus Venedig kamen Neuigkeiten. Jedoch keine guten.

Auf dem Markusplatz waren in der Nacht alle Laternenmasten abgesägt und in dem kleinen Supermarkt von Giovanni Trippertani die Fleischtheke geplündert worden. Kaninchen- und Schweineköpfe rollten über den Platz. In vielen anderen kleinen Minisupermärkten wurden die Scheiben eingeschlagen und beim Metzgermeister aus Bologna rollten keine Schweineköpfe, es war der Kopf des Fleischers höchstpersönlich.

So langsam wurde es gefährlich. Aber es war nicht nur der Schädel des Metzgers, der Sorgen bereitete, eine Straße weiter fand man auch den leblosen Körper eines Eintreibers, der stadtbekannt war, aber aus Furcht vor Repressalien der Carne-Gruppe bislang seine Tätigkeit ohne Widerstand ausüben konnte. Auch wir von der Polizei waren machtlos, da keine Anzeigen vorlagen. Doch diesmal war es wohl jemand anders, der die Stadt aufmischte. Der Bandenkrieg zeigte immer deutlicher sein hässliches Gesicht. Carne gegen Koslewski. Jetzt ging es richtig rund.

Nach drei Tagen regen Austausches war die Zeit gekommen Deutschland zu verlassen, um wieder nach Venedig zu fliegen. Wir bedankten uns bei Heinrich Hase und seinen Männern und vereinbarten, dass wir uns weiterhin über Einzelheiten des Falles austauschen wollten. Der Rückflug verlief ruhig und nach einer kurzen Nacht ging es dann in aller Früh wieder ins Kommissariat.

Motta saß vor seinem Schreibtisch und hatte beide Hosentaschen nach außen umgekrempelt. Er schüttelte an den Zipfeln. Ich bemerkte, dass kleine schwarze Kügelchen vor seinen Füßen lagen. Ich wusste sofort, was los war.

»Guten Appetit, Motta«, sagte ich und merkte, wie mein Kollege versuchte, die Popel mit seinem rechten Fuß unter den Tisch zu bugsieren. Es gelang ihm natürlich nicht und so klebte sein Naseninhalt unter seinem rechten Schuh aus Wildleder.

»Weitermachen«, sagte ich und musste grinsen.

Auch Katapultini konnte sich ein Lächeln nicht verkneifen. Nachdem der Rest der Mannschaft eingetroffen war, berichteten Francesca und ich von unserem Deutschland-Trip.

Stupido teilte uns im Anschluss daran Einzelheiten über die Vorfälle in den Minimärkten und am Markus-Platz mit. Überall in Venedig sah man Polizei. Der neue Innenminister hatte persönlich angeordnet, in der Lagunenstadt bis auf weiteres den Ausnahmezustand zu verhängen. Das roch nach weiterem Ärger. Aber wo sollten wir ansetzen? Im April kam es dann zu einer Neueröffnung, die uns alle überraschte. Dort, wo bis zu seinem Niedergemetzel der Metzger aus Bologna seinen großen Betrieb hatte, dort wurde ein neues Fast-Food-Restaurant eröffnet. Es gehörte, welch Wunder, zur Carne-Gruppe. Maria Carne war als Gesellschafterin im Handelsregister eingetragen. Mit Erstaunen mussten wir feststellen, dass es plötzlich eine Ausnahmegenehmigung gab.

Wir zitierten Bürgermeister Ascento ins Kommissariat.

Nachdem er uns die Umstände erklärt hatte, warum Carne die Ausnahmegenehmigung erhalten hatte, war mir klar, dass auch ich genau so gehandelt hätte. Ascento wurde von den Gangstern mürbe gemacht.

Im vergangenen Monat hatte er zuletzt ein Lebenszeichen seiner Tochter, die in Mailand Binnenschifffahrt und Radiologie studierte, erhalten. Sie berichtete ihrem Vater, dass sie in der Gewalt von drei Männern sei. Wenn er, also Ascento, nicht die Eröffnung des Fast-Food-Tempels erlauben würde, hätte er längstens eine Tochter gehabt.

Und falls es trotzdem Schwierigkeiten geben würde, wisse man auch, wo sich sein Sohn aufhielte.

Kleinlaut und mit weinerlicher Stimme sagte der Bürgermeister: »Aber was hätte ich denn sonst machen sollen?«

Wir wollten auf jeden Fall überprüfen, ob es Möglichkeiten gäbe, den Laden wieder zu schließen. Aber wir wussten, dass das äußerst schwierig werden würde. Aus reiner Neugierde ging ich in das Lokal, um mich ein wenig umzuschauen. Nichts, was es zu beanstanden gäbe. Alles war sauber, das Personal aufmerksam und freundlich und den Gästen schien es außerordentlich gut zu schmecken. Ich machte den Test und bestellte eine Portion Chicken-Gulasch mit Puszta-Sauce. Eine recht große Portion zu einem angemessenen Wucherpreis, wie es sich eben für Venedig so gehört. Ich biss ins Fleisch und konnte nicht feststellen, dass es verdorben schmeckte. Also schlang ich es herunter.

Dann begab ich mich zurück ins Büro.

Inzwischen waren auch der Duce und seine Mannschaft wieder bei uns eingetroffen, um uns bei der Aufklärung des Falles zu unterstützen. Ich glaubte, dass sich der Leiter der Sonderkommission einen kleinen Schnurrbart unterhalb der Nase hatte wachsen lassen. Warum ich in diesem Moment an Deutschland denken musste, war mir nicht bewusst.

Bis Ende April gab es in Venedig weitere Anschläge. Der SISMI und der deutsche Geheimdienst arbeiteten noch enger zusammen, seit feststand, dass sich Carne, Koslewski & Co. einen erbitterten Krieg um die Vorherrschaft im globalen Fleischhandel lieferten.

Auch in der Bundesrepublik gab es immer wieder Angriffe auf Läden, die zum Koslewski-Imperium gehörten.

Der Fleischmarkt an der Börse reagierte sehr gereizt auf die Vorfälle. Die Aktien im gesamten Lebensmittelbereich fuhren seit Anfang der Auseinandersetzungen Achterbahn. Und der Kampf um die besten Plätze im Einzelhandel nahm immer merkwürdigere Formen an.

Am 3. Mai 2019, einem warmen Freitag im Wonnemonat, wollte der Pächter des Fastfoodrestaurants der Carne-Gruppe den Laden in unserer Stadt öffnen. Um zehn Uhr an diesem Vormittag herrschte in der Stadt schon recht viel Betrieb. Es waren auch viele Touristen aus Deutschland vor Ort. Da der Tag der Arbeit, der 1. Mai, in diesem Jahr auf einen Mittwoch fiel, hatten etliche Touristen die Gelegenheit genutzt, um ein verlängertes Wochenende in Venedig zu verbringen. Auch die vermehrten Anschläge konnten die vielen Deutschen nicht abschrecken.

An diesem Freitag wären jedoch die meisten der Besucher am liebsten nicht in die Lagunenstadt gekommen, hätten sie gewusst, was auf sie zukommen würde.

Kaum hatte Luigi Bomoletti die Tür aufgeschlossen, da krachte mit ohrenbetäubendem Lärm eine ferngesteuerte Drohne, die eine Art Paket beförderte, in das geöffnete Restaurant. Kurze Zeit später gab es eine Detonation, die in ganz Venedig zu hören war.

Selbst Motta, der zu diesem Zeitpunkt mal wieder gelangweilt in seiner Nase umherstocherte, zog seinen Finger vor Schrecken zurück.

»Da muss etwas passiert sein!«, sagte er zu meiner Kollegin Francesca.

»Wie kommst du denn darauf, Motta?«, wollte sie wissen.

Stupido hingegen konnte mit diesen Spielchen nichts anfangen, griff stattdessen zu seiner Waffe, öffnete die Tür und bat uns in mehr oder weniger freundlichem Ton, ihm zu folgen.

Wir hatten die Tür nach draußen gerade geöffnet, da sahen wir schon eine Qualmwolke über uns hinwegziehen und aus allen Gassen strömten Menschen panikartig durch die Stadt.

Immer mehr Drohnen kreisten über Venedig. Und alle hatten explosive Fracht an Bord. Im Abstand von 25 Minuten wurden mehr als 20 Häuser in Mitleidenschaft gezogen. Ich konnte gerade noch ausweichen, als eine Minidrohne direkt auf mich zuflog.

Sie hatte Gott sei Dank keine Bombe an Bord. Trotzdem fiel kurz vor der Treppe, die zum Gondelanleger führte, ein Stein vom Himmel. Eine Nachricht von oben. Doch diesmal enttäuschte mich das Sprichwort, denn es war alles andere als gut, was von oben kam.

Katapultini, der in meiner Nähe stand, nahm den Stein, um den ein Zettel gewickelt war.

»Los, lies, du Sau!«, brüllte mein Chef ihn an.

Ganz verdattert entknüllte mein Kollege das Blatt Papier und begann zu lesen: »Damit euer schönes Touristendorf noch länger schön bleibt, sorgt dafür, dass die Carne-Bande nicht weitere Läden eröffnet, ansonsten tragen eure Gondeln samt Inhalt Trauer.«

Das hatte uns noch gefehlt. Bandenkrieg und wir sollten außen vor bleiben. Niemals.

In mir kochte das Blut. Ich war wütend. Wütend auf die Carne-Bande, wütend auf die blöden Deutschen.

Die Mafia hatten wir fast in den Griff bekommen, da sollte es doch auch möglich sein, den Banden ihre Grenzen aufzuzeigen.

Ministerpräsidentin Salsiccia traf am späten Abend im Präsidium ein. Sie wollte sich ein Bild von den Anschlägen machen.

Als wir mit ihr durch Venedig gingen, sahen wir das Ausmaß der Auseinandersetzung im Detail. In mehreren Distrikten waren viele Häuser arg zerstört worden. Der Gondelverkehr konnte nur eingeschränkt stattfinden und die Touristen stürmten alle verfügbaren Wassertaxis, nachdem man im Fernsehen berichtet hatte, dass weitere Anschläge durch die deutsche Terrorgruppe, die sich zu den Taten bekannt hatte, geplant waren. Armes Italien!

Aber auch die Carne-Bande blieb nicht untätig. Um kurz nach 22 Uhr wurde in den Spätnachrichten von RAI II berichtet, dass der Bochumer Schlachthof von Unbekannten gestürmt worden war. In den Räumlichkeiten einer Firma die zu Koslewski gehörte, ging eine Handgranate in die Luft. Zu dem Zeitpunkt befanden sich jedoch keine Mitarbeiter mehr in den Räumen, sodass es nur zu erheblichem Sachschaden gekommen war.

Die Geheimdienste hatten alle Hände voll zu tun. Was steckte konkret hinter den Taten?

Die Ermittlungen liefen auf Hochtouren. Bis Ende Mai gab es den einen oder anderen weiteren Anschlag, jedoch kamen dabei keine Zivilisten zu Schaden. Das die Bevölkerung verunsichert war, äußerte sich auch darin, dass die Restaurants der Carne-Gruppe in ganz Italien von vielen gemieden wurden.

Nicht anders in Deutschland, wo Koslewski seit Jahren ein Pommesbudenimperium besaß. Seine Läden, die PoRoWe-Buden, was nichts anderes bedeutete als »Pommes Rot-Weiß«, fanden kaum noch Zulauf, nachdem mehrere unbeteiligte Personen bei Anschlägen verletzt worden waren. Das kostete die verfeindeten Parteien richtig viel Geld. Und wie man es aus Krimis kennt, siegt das Böse nicht immer und überall. Wir waren nah dran, die Auseinandersetzung einzudämmen.

Ende Mai saßen wir mal wieder im »Il Silenzio«. Lagebesprechung.

Dem SISMI war es gelungen, einen V-Mann bei der Carne-Gang einzuschleusen. Nachdem Motta aus Versehen den Lichtschalter bedient hatte, wurde es schlagartig duster. Katapultini drückte den Schalter jedoch wieder in die ursprüngliche Position und dann kam wieder etwas mehr Licht ins Dunkel.

Der V-Mann berichtete ausführlich über die Machenschaften von Maria Carne und ihren Mittätern: »Die Auseinandersetzungen waren eskaliert, nachdem Maria Carne von einem Gorilla Koslewskis vor drei Jahren bei einem privaten Besuch in Deutschland übelst zugerichtet worden war. Was unbemerkt von der Öffentlichkeit geschah, breite sich in Ganovenkreisen jedoch in Windeseile aus. Und wenn Carne eines nicht leiden konnte, dann dieses. Niemand sollte sich über sie lustig machen.

Koslewski hatte durch den Überfall auf die Chefin der führenden Bande Italiens dafür gesorgt, dass Maria Carne gedemütigt worden war. Denn er hatte die Bandenchefin im Kuhkostüm durch den Schlachthof von Oer-Erkenschwick treiben lassen.

Schließlich hatte Carne eine Nacht mit dem besten Zuchtbullen, den Koslewski in seinem westfälischen Stall hatte, verbracht. Das hatte keinen guten Eindruck gemacht. Zumindest nicht auf den Bullen, der gelangweilt sein Futter zu sich genommen und der Frau in seinem Stall keinen Blick gegönnt hatte.

Auch die Tatsache, dass Koslewski den Kopf der Carne-Bande am nächsten Tag wieder hatte laufen lassen, änderte nichts daran, dass Carne auf Rache sann. In der Verbrecherwelt breitete sich das wie ein Lauffeuer aus. Seitdem nutzten die Rivalen jede Gelegenheit, sich zu ärgern. Und dann der Krieg um die Vorherrschaft auf dem Fleischmarkt. Da kam einiges zusammen.«

Wir lauschten gebannt den weiteren Ausführungen des Geheimdienstlers. Man konnte erahnen, dass sich der Krieg nun auf dem Höhepunkt befand. Und wir erfuhren auch, dass die 25 Millionen Euro, die Carne erpresst hatte, dazu benutzt wurden, die letzten großen Konkurrenten aus dem Weg zu schaffen. Sie besaß in Italien nun fast alle Fastfoodrestaurants.

Der Kollege der SISMI berichtete, er habe erfahren, dass es in der übernächsten Woche ein Treffen der verbliebenen Mafiososse, Mafianten, Mafiasunten und der restlichen italienischen Unterwelt geben würde. Es war von einer konzertierten Aktion gegen die Krautfresser die Rede. Und da wollten wir natürlich in der ersten Reihe dabei sein. Mittendrin wäre natürlich noch besser gewesen. Und so geschah es.

Der V-Mann hatte erst einen Tag vor dem Treffen erfahren, wo die Ganoven sich besprechen wollten.

Wir waren erstaunt, als wir erfuhren, dass man sich in der als Swingerclub bekannten Sauna in der Nähe des Ponte dei Bareteri, der Brücke in Venedig, die den Rio dei Bareteri überspannt und die Marzaria del Capitello im Norden mit der Merceria Zulian verbindet, treffen wollte.

Wer bei Italien und Venedig nur an Nudeln denkt, sollte nun auf seine Kosten kommen. Welch ein Tag, der auf mich und meine hübsche Kollegin Francesca Fraportini-Langenfeld zukommen sollte. Als Stupido uns mitteilte, dass er sich für uns entschieden habe, mussten sowohl Francesca als auch ich schlucken. Wir zwei in einem Swingerclub!

»Oh my God«, rief meine Kollegin entsetzt.

»Das ist ein Befehl, Francesca. Sie können aber auch gerne mit Motta die Ermittlungen dort führen.«

Die junge Kollegin schluckte nur und schüttelte schnell den Kopf.

Der Geheimdienstler hatte uns Einladungskarten für den Swingerclub besorgt.

Und so standen Francesca und ich am Abend des 2. Juni 2019 um Punkt 20 Uhr vor der Einlasstür des »Scampanio«, was auf Deutsch soviel wie »Glockengeläut« bedeutet.

Ich war sehr gespannt, welche Glocken ich heute zu Gesicht bekommen würde und was das mit dem Geläut auf sich haben sollte.

In der Einladung waren die Regeln, die in dem Swingerclub zu beachten waren, abgedruckt.

Bereits beim Einlass mussten die Besucher eine der bekannten venezianischen Schwalbenmasken tragen, damit sollte Anonymität gewährleistet sein.

Rechts hinter der Eingangstür befanden sich die Umkleiden.

Eine weitere Spielregel lautete: Eintritt in die verschiedenen Räumlichkeiten nur nackend gestattet.

Aber die Maske musste natürlich das Gesicht verdecken. Francesca begab sich in die Umkleidekabine für Frauen, während ich in der Männerkabine blank zog. Alles durfte mir passieren, es durften nur keine harten Zeiten auf mich zukommen. Sinnbildlich gesprochen.

Als ich den Umkleideraum wieder verlassen hatte, stand ich nur mit meiner Schwalbenmaske vor der Eingangstür zum Kontaktsaal.

Ich hielt meine linke Hand verschämt vor meinen Intimbereich und fragte mich, wie ich meine Kollegin denn jetzt wohl wiedererkennen sollte. Visuell wäre das sehr schwer gewesen, liefen hier doch einige Schönheiten mit ähnlichen Proportionen herum. Aber ich kannte ja Francescas Duft, den sie heute aufgelegt hatte. »Rattenscharf« von Emilio Banoda. Ein süßlicher Geruch, der an Schokolade erinnerte.

Ich irrte ein wenig in dem Raum umher. Es waren ungefähr 25 Personen anwesend. Drei Frauen, die Francescas Statur hatten, standen in der rechten Ecke des Kontaktzimmers und unterhielten sich angeregt.

Plötzlich spürte ich eine Hand, die wie zufällig meinen Schambereich berührte. Diese Berührung, das konnte nur Francesca sein.

»Bist du es?«, fragte ich und drehte mich um.

Hinter mir stand ein fast zwei Meter großer Mann mit einem fast ebenso langen Geschlechtsteil und säuselte mir zu: »Na, mein Schnucki, Zimmer 4?«

»Jetzt nicht«, murmelte ich und entfernte mich schnellstens.

Fast wäre ich mit einer Frau zusammengestoßen. Kurz vor ihr kam ich zum Stehen.

»Francesca?«, fragte ich.

»Lorenzo?«, fragte die Frau zurück.

Ich nickte und blickte meine Kollegin, die zum ersten Male in ihrer ganzen Pracht vor mir stand, von oben bis unten an.

»Ja, ich bin es!«, zischte ich.

Auch meine hübsche Mitarbeiterin musterte mich ausführlich. Ihr Blick verweilte in Höhe meines Lendenbereiches.

»So groß hätte ich es mir nicht vorgestellt«, sagte sie.

Ich errötete offensichtlich und trat ein paar Schritte zurück.

Sie wusste wohl, was in mir vorging und fügte erklärend hinzu: »Nicht, dass du mich missverstehst. Ich meine deine Narbe am Oberschenkel, von der du mir erzählt hattest.«

Jetzt ging es mir schon etwas besser.

»Gott sei Dank, Francesca«, erwiderte ich, »mir ist das alles etwas peinlich. Ich war noch nie in so einem Club. Und wenn es nicht dienstlich wäre, ich würde auch nie in so einen Club gehen.«

Wir schlenderten Hand in Hand durch die Menge. Nach kurzer Zeit hatte ich mich an den Anblick der vielen Nackten, der nicht immer angenehm war, gewöhnt.

Es ist schon erstaunlich, wem der Herrgott zu viel und wem der Herrgott zu wenig mit auf den Weg gegeben hatte. Gegen 21 Uhr ertönte dann ein lauter Gongschlag und eine vollbusige, mittelgroße, oben blond- und anderswo schwarzhaarige Frau, die ein Schmetterlingstattoo am linken Fuß hatte, schritt in die Saalmitte, bekam ein Mikrofon in die Hand gedrückt und räusperte sich.

»Liebe Freundinnen und Freunde. Es ehrt uns, dass ihr alle unserer Einladung gefolgt seid. Die Creme de la Creme der italienischen Unterwelt hat sich hier versammelt. Es ist mir ein Vergnügen, euch heute hier zu sehen. Doch vor dem Vergnügen, lasst uns zu dem kommen, was uns eigentlich verbindet und weiter verbinden soll. Unser Streben nach Auslöschung der Kontrahenten, die uns hier in Bella Italia, besonders aber in unserem schönen Venedig das Leben schwer machen. In den Fächern des Spinds findet ihr detaillierte Zeitpläne über das weitere Vorgehen zur Vernichtung unserer Feinde. Wir müssen dafür sorgen, dass wir mit unserer kriminellen Energie Platz 1 in der Welt besetzen. Und dann wird es uns noch besser gehen.«

Die Rednerin, von der ich vermutete, dass es sich dabei um eine enge Vertraute von Maria Carne handelte, redete sich in Rage.

Sie erklärte, warum es wichtig sei, eine gewisse deutsche Gruppe zu eliminieren. Zu viele Kuchenstücke seien aus der Torte entwendet worden. Es müsste wieder Ordnung herrschen im Besteckkasten und überhaupt. Es lebe das italienische Verbrechervolk und Viva la Musica.

109

Ein merkwürdiger Abend, der aber gerade erst begonnen hatte. Es sollte noch sehr spannend werden.

Nach der knapp einstündigen Rede ging es zum gemütlichen Teil des Abends über.

Im großen Empfangssaal kam eine überdimensionale Torte in Form einer Zehn-Zentner-Bombe zum Einsatz. Das Licht wurde heruntergedimmt und aus allen vier Ecken des Raumes betraten Trompetenmusiker das Parkett. Es sah schon sehr bizarr aus, denn auch die Bläser waren unbekleidet. Nach dieser Musikeinlage ging es im Swingerclub fröhlich weiter. Nach einem Tusch der Musiker entstiegen zwei gut aussehende Damen der Torte und sangen das Lied der Sachsen. Auf Italienisch. Warum, blieb mir ein Rätsel.

Dann ging es im Etablissement so richtig zur Sache. Man hatte Themenräume eingerichtet. In allen Räumen lag Sexspielzeug bereit. Jeder konnte und durfte sich nach seinen eigenen Vorlieben austoben.

Es gab aber auch zwei Räume, in denen man sich aufhalten konnte, ohne dass man plötzlich mit einem Dildo oder mit Handschellen konfrontiert wurde. Dort liefen die üblichen Hardcore Pornofilme. Francesca wunderte sich, warum die Hauptdarsteller am Ende des Filmes nicht geheiratet hatten. Im Anschluss an einen sterbenslangweiligen SM-Film flanierte ich mit meiner Kollegin noch durch die verschiedenen Räume. Vielleicht bot sich ja doch die Gelegenheit, den einen oder anderen Ganoven ohne Schwalbenmaske anzutreffen. Aber leider wurde daraus nichts.

Als wir den Raum mit dem sinnigen Namen »Zum Missionar« betraten, sahen wir, wie sich einige Pärchen miteinander austauschten. Unter anderem konnte ich durch das am Fuß befindliche Schmetterlingstattoo unschwer erkennen, dass unsere Gastgeberin, unter einem etwas korpulent wirkenden Mann, auf dem Rücken liegend, orgiastische Schreie von sich gab. Über dem Hintern des Mannes prangte ein Tattoo, das man sonst nur auf Frauenpopos sieht. Ein riesiges Arschgeweih. Mit etwas Fantasie hätte man sich auf seinen Arschbacken zwei Augen vorstellen können. Francesca schien meine Gedanken lesen zu können, denn sie musste plötzlich lachen.

Sie schaute mich grinsend an und bemerkte: »Der Hirsch ist in der Brunft.«

In der Tat röhrte der Mann wie ein Geisteskranker. Aber wie gesagt. Jedem nach seinem Gusto. Wir beobachteten die Szenerie noch eine Weile und begaben uns dann gegen Mitternacht in die Umkleidekabinen, um den Ort möglichst unauffällig wieder zu verlassen.

Ich zog meine Hose wieder an, ordnete mich vor dem Spiegel, nahm die angekündigten Informationen aus meinem Fach und verließ das Sündenbabel.

Kurze Zeit später konnte ich am Geruch erkennen, dass auch Francesca das Etablissement verlassen hatte. Wir schauten uns an, schüttelten fast gleichzeitig mit dem Kopf, gingen um die Ecke, blickten uns noch einmal an und prusteten laut los.

»Ich habe ja schon viel erlebt in meinen 27 Dienstjahren, aber das hier, das war ein wahres Highlight.«

»In der Tat«, sagte Francesca Fraportini-Langenfeld, »das werde ich niemals vergessen. Und, Lorenzo«, schob sie nach, »danke, dass du die Gelegenheit nicht ausgenutzt hast. Ich weiß das sehr wohl zu schätzen.«

Sie trat näher an mich heran und hauchte mir einen Kuss auf die Wange. Das hatte Stil. Wir wollten den Kollegen und Kolleginnen am nächsten Tag Bericht erstatten.

Nachdem Francesca und ich der versammelten Mannschaft unseren erlebnisreichen Abend geschildert hatten, teilten wir uns in Gruppen auf, um gezielt weitere Verbrechen zu verhindern. Schließlich waren wir ja nun im Besitz eines vorläufigen Ablaufplans.

Als Erstes informierten wir die Kollegen um BND-Mann Hase aus Deutschland. Denn für den kommenden Montag war ein Anschlag auf einen Hühnerhof an der holländischen Grenze geplant. Die Carne-Gruppe hatte bereits mehrere Männer nach Deutschland eingeschleust. Während des 20-jährigen Jubiläums der Hühnerfarm sollten sie einen Anschlag auf den Ministerpräsidenten von Nordrhein-Westfalen, den ehemaligen Bauernverbandsvorsitzenden Gustav Schnippendickel, verüben. Dieses Verbrechen konnten wir durch unsere Hinweise vereiteln.

Aber wohl aus Wut über das nicht geglückte Vergehen zündeten Carnes Männer in der Woche darauf mehrere Ställe von Bauern in Brand, die Koslewski zuarbeiteten. Und der Bandenkrieg weitete sich aus. Auch in den Niederlanden kam es jetzt häufiger zu

Übergriffen. Man vermutete zunächst, dass auch hier die Carne-Gruppe die Finger im Spiel haben könnte. Aber durch eine Festnahme vor Ort war es uns gelungen, einen der Gauner eindeutig Koslewskis Gorillas zuzuordnen. Es wurde immer komplizierter. Auch die Bewohner in der Nähe der Stallungen wurden immer nervöser.

Die verfeindeten Banden bekämpften sich immer weiter, ohne Rücksicht auf die zivile Bevölkerung.

Das Ganze ging auch nicht spurlos am Markt vorbei. Die Preise für Geflügel waren in den letzten drei Wochen um über 30 Prozent gestiegen, da durch die Attentate auf Großmastbetriebe mehrere hunderttausend Tiere vernichtet worden waren. Immerhin konnten wir in Venedig mehrere Mitglieder bei geplanten Taten verhaften und aus dem Verkehr ziehen. Aber ein Ende der Fehde war längst noch nicht in Sicht.

Im Juli klingelte gegen 13 Uhr mein Diensthandy. Eine Stimme, die ich nur zu gut kannte, aber seit Anfang des Jahres nicht mehr gehört hatte, meldete sich: «Bruschetta, Du Drecksack. So langsam gehst Du uns auf den Keks. Wenn Du uns noch länger nervst, gibt es ein Unglück größeren Ausmaßes. Und größer bedeutet Massaker. Achtet in der nächsten Woche doch einmal auf den Hafen. Hahaha!!«

Der Schurke hatte aufgelegt. Massaker hörte sich nicht gut an. Ich musste spontan an Moussaka denken und verließ das Kommissariat und begab mich zum einzigen Griechen hier in Venedig. Stavros, ein ca. 70 Jahre alter Grieche, war das Kind einer venezianischen Mutter und eines Parisers. Eines geplatzten, der an einem Griechen hing, so erzählte er gerne die Geschichte seiner Herkunft. Die Portionen, die er servierte, machten mehr als satt. Und die Qualität seines Moussaka war in ganz Italien bekannt. Er war einer der wenigen griechischen Gastronomen, die einen Kochlöffel im Walter-Eiswein-Gourmet-Führer besaßen. Und auch heute schmeckte es wieder einmal sehr gut.

Als ich an einem der drei freien Tische an der Uferpromenade Platz nahm, trafen auch zwei Personen ein, von denen mir die männliche irgendwie bekannt vorkam. Zumindest von der Statur her, konnte es der röhrende Hirsch gewesen sein, der unsere Swingerclubtante auf der Verbrecherfete beglückt hatte. Er trug nur ein Verrutschi-T-Shirt. Ich hoffte, dass das Kleidungsstück seinem Namen alle Ehre machen würde, aber es verrutschte leider nicht. Dann wandte ich einen uralten Kriminaltrick an. Ich nahm mein Glas Rotwein, täuschte einen Hustenanfall vor und goss den Inhalt des Glases über das Shirt des mutmaßlichen Hirsches. Und natürlich klappte dieser uralte Agententrick auch diesmal.

»Können Sie nicht aufpassen, Sie Vollidiot«, schrie er mich an.

Ich glaubte einen leichten deutschen Akzent wahrgenommen zu haben. Ich entschuldigte mich in aller Form, stand auf und zog sein T-Shirt etwas hoch und blickte über sein rechtes Schulterblatt. Tatsächlich. Aus seiner Jeans lugte ein Teil seines Arschgeweihs hervor. Ich fragte ihn, ob ich das irgendwie wiedergutmachen könne.

Doch er schaute mich nur wütend an und blökte mich mit einem »Stronzo!« an, legte einen 50-Euro-Schein auf den Tisch, zeigte mir den Stinkefinger und verschwand mitsamt seiner charmanten Begleitung.

Stavros hatte den Vorfall wohl beobachtet, nahm den Geldschein, kam an meinen Tisch und sagte: »Mein lieber Lorenzo, das dürfen Sie gerne jeden Tag machen. Dann zauberte er unter seinem Kittel zwei Gläser mit Ouzo hervor, setzte an, reichte das andere an mich weiter und wünschte uns: »Yamas!«

Ich fragte mich, was der Hirsch wohl in Venedig zu suchen hatte. Außerdem machte es mich stutzig, dass ich vermutete, einen deutschen Akzent gehört zu haben. Egal, wir würden schon herausbekommen, welche Rolle der Arschgeweihte spielen würde.

Nach dem Anruf des großen Unbekannten, den wir natürlich sehr ernst nahmen, war unser Augenmerk nunmehr auf den Hafen gerichtet. Nicht auszudenken, was passieren würde, wenn eines der Kreuzfahrtschiffe, die dort ankerten, in die Luft fliegen würde. Mir wäre das vollkommen recht gewesen, denn diese Pötte verschandelten nicht nur das Landschaftsbild, sie verpesteten auch die Umwelt. Allerdings musste man bedenken, dass die Touristen auch wieder Kohle in die Kasse der Stadt spülten.

Der Duce und seine Mannschaft patrouillierten von morgens bis abends im gesamten Hafenbereich. Natürlich in Zivil.

In den ersten Wochen blieb alles ruhig. Am 10. Juli jedoch kam es gegen 19 Uhr zu einem Zwischenfall. Natürlich hatten wir uns hauptsächlich auf die großen Schiffe konzentriert. So war es nicht verwunderlich, dass ausgerechnet in dem Moment als ein Kreuzfahrtschiff in den Hafen einfuhr, in dem kleinen Nebenhafen, der Segelschiffen diente, etwas passierte. Fast zur gleichen Zeit fingen fünf verschiedene Boote Feuer.

Feuer in Venedig ist so eine Sache. Klar, Wasser gibt es genug, aber für die Löschboote war es sehr schwierig, an den Ort des Geschehens zu gelangen. Und als eines der großen Schiffe den Hafen verlassen wollte, bestand keine Chance, dass andere Wasserfahrzeuge über diesen Weg zum Brandherd gelangen konnten.

Der Duce hatte uns alarmiert und wir erreichten den Tatort fast zeitgleich mit der Feuerwehr. Es herrschte Hektik im Hafenbecken. Mehrere Segler hatten sich durch einen Sprung ins Nass von Bord gerettet. Es war jedoch klar, dass die Feuerwehr hier nur noch dafür sorgen konnte, das Feuer kontrolliert abbrennen zu lassen.

Als sich alles auf den Tatort konzentrierte, gab es plötzlich einen fürchterlichen Knall. Die Landungsbrücke für die Kreuzfahrtschiffe flog in den lauen Abendhimmel. Dort, wo kurz zuvor noch Tausende von Tagesbesuchern über den Zugang Land erreicht hatten, war nunmehr nichts mehr. Eine Staubwolke zog in Richtung Markusplatz.

Auch wir konnten kaum noch etwas sehen, so dunkel wurde es plötzlich.

Ich verspürte nur einen Stoß in meinen Rücken. Ich stolperte, fiel über ein Fischernetz und lag bäuchlings auf dem Boden. Neben mir lag ein Handy, das in diesem Moment auch klingelte. Die Internationale drang an mein Ohr. Das konnte kein Zufall sein.

Ich glaubte nicht, dass das Mobiltelefon einfach so herumlag.

Also nahm ich es an mich und meldete mich harsch: »Ja, was gibt es?«, fragte ich.

Eine mir bekannt vorkommende Stimme erwiderte: »Es gibt Spaß. Gehe doch mal um Punkt 21 Uhr auf Facebook. Dort gibt es eine Seite Namens »Bum-Bum-Venedig«. Klicke um 20.55 auf »gefällt mir«. Dann werdet Ihr Zugang zu den Inhalten bekommen. Und auf dieser Seite wird es dann um 21 Uhr ein Live-Video geben. Viel Vergnügen damit.«

Zack, schon hatte der Anrufer aufgelegt. Ich war gespannt, was passieren würde.

Gebannt schauten wir im Kommissariat auf den 25-Zoll-Flachbildschirm. Ich hatte mich auf unserem Facebook-Account angemeldet und gab »Bum-Bum-Venedig« in die Suchmaske ein.

Keine Sekunde später tauchte die Seite auf dem Bildschirm auf. Es war fast 20.52 Uhr. Noch gab es auf dieser Seite keinen Inhalt. Auch unter dem Bereich »Info« war nichts über den Inhaber der Seite zu erfahren. Als Nächstes klickte ich auf »gefällt mir«.

Alle Freunde unserer Seite bekamen nun die Nachricht, dass der Mordkommission Venedig die Seite »Bum-Bum-Venedig« gefällt.

Jetzt, nachdem wir quasi mit den Verbrechern befreundet waren, konnten wir auch auf Inhalte dieser Seite zugreifen. Es war schon merkwürdig, mit welchen Tricks die Bande arbeitete.

Um 21 Uhr. gab es, wie angekündigt worden war, ein Live-Video.

Ein maskierter Mann blickte in die Kamera. Er stand vor einem kleinen Schuppen aus Holz.

Der Maskenmann putzte mit einem Brillenputztuch über die Linse des Aufzeichnungsgeräts und nestelte einen Zettel aus der Hosentasche.

»Guten Tag, liebe Facebook-Freunde. Wir sind heute hier zusammengekommen, um Ihnen mitzuteilen, dass es Venedig, so wie Sie es heute noch kennen, bald nicht mehr geben wird. Kommen Sie, kommen Sie.«

Er winkte dem Kameramann mit der linken Hand zu und setzte sich in Bewegung. Kurz vor dem Schuppen blieb er stehen.

»So, und jetzt schauen Sie bitte einmal genau hin«, sagte er, griff in die linke Hosentasche und holte ein Schlüsselbund heraus.

Damit ging er zu dem Holzschuppen und schloss die Tür auf. Die Kamera folgte dem Mann in das Gebäude.

Es war zwar alles etwas in dunklem Licht gehalten, aber man konnte sehen, dass dieser Schuppen bis unter die Decke mit Sprengstoff gefüllt war.

Überall waren Schilder mit der Aufschrift »Rauchen würde jetzt der Gesundheit schaden!« zu lesen. Humor hatten die Burschen, das musste man ihnen lassen. Im weiteren Verlauf der Liveschalte kam der Gauner dann zur Sache.

»Sollte es euch nicht gelingen, Koslewski und seine Kumpanen aus Italien zu scheuchen, dann gibt es Karneval in Venedig. Mit Pomp und dem ganzen

Circumstances drumherum. Hier ein kleines Beispiel.«

Der Unbekannte griff sich eine Dynamitstange, zündete sie an und warf sie in Richtung des Kameramannes.

Dieser filmte mit und schon kurze Zeit später war aus einer Hundehütte samt Hund, die vor einem verfallenen Haus stand, Futter für kleine Hunde geworden.

»Ihr wisst Bescheid«, sagte der Verbrecher und schritt von dannen.

Die Kamera hielt weiter drauf und ich glaubte, in der Ferne ein Schild mit der Aufschrift »Ami go home!« gelesen zu haben.

Verdammt nochmal, hatte ich diesen Hinweis nicht schon einmal gesehen?

Ich dachte lange nach, mir fiel aber beim besten Willen nicht mehr ein, wo mir dieser Spruch schon einmal begegnet war.

Wir setzten uns nach dem Film noch einmal zusammen, um zu beratschlagen, wie es denn jetzt weitergehen sollte.

Motta fragte: »War das eine Aufzeichnung, dieses Live-Video?«

Stupido rollte mit den Augen und antwortete: »Nein, das war eine Halluzination. Ach Motta, steck' deinen Finger ruhig wieder in die Nase, dort kannst du nach Antworten bohren.«

Motta blickte auf den Zeigefinger seiner linken Hand und winkte anschließend ab.

Uns war klar, dass wir nur zwei Alternativen hatten. Entweder das Spiel der Carne-Bande mitspielen und Koslewski unschädlich machen oder aber bestenfalls beide Gangs zu eliminieren. Wir entschieden uns natürlich für die letzte Option. Denn noch waren wir die Herren im Haus. Wenn auch mittlerweile die eine oder andere Frau mitmischte. Aber das sahen selbst wir nicht mehr so eng. Es machte ja auch einen guten Eindruck.

Auf dem Nachhauseweg ließ ich das Video nochmal gedanklich ablaufen. Dieses verdammte Warnschild mit dem »Ami go home!«-Spruch, wo zum Teufel war mir das begegnet?

Mir fiel es partout nicht ein. Ich konnte nicht einschlafen, doch schließlich überfiel mich die Müdigkeit. Endlich mal ein Überfall, der sich lohnte. Denn kaum war ich eingeschlafen, da träumte ich vor mich hin.

Ich sah ein U-Boot, sah Torpedos, sah die Kriegsmarine, sah den B-52-Bomber der US-Armee, sah die Landung der Alliierten in der Normandie, sah einen Mann mit einem Seitenscheitel und einem Bart unter der Nase, ich träumte vom Mauerfall, vom Prager Fenstersturz, ich sah das Attentat auf Kennedy, ich vernahm Schreie eines Robbenbabys, ich sah auch, dass es ein holländischer Fußballer war, ich sah Joe Hill letzte Nacht, ich sah einen Farmer, einen Würfel mit Fragezeichen, ich sah Sardinien, Saarbrücken, Salzburger Nockerl und schließlich eine Insel. Eine Insel, ja.

Jäh wurde ich aus dem Traum gerissen.

Ich saß fast senkrecht im Bett, schlug mich selbst vor den Kopf und brüllte so laut ich konnte: »Poveglia, ich Arschloch!!«

Das war es.

»Ami go home!«

Es war natürlich die Geisterinsel, die ich eigentlich nie wieder betreten wollte. Aber nun hatte ich sozusagen keine Wahl. Obwohl wir die in Italien alle Nase lang haben.

Ich konnte nicht mehr weiterschlafen. Ich öffnete das Fenster und stürzte mich nackend in die stinkenden Wässer von Venedig. Ich musste mich irgendwie beruhigen.

Es war noch relativ warm. Die Hitze hatte sich in den engen Gassen gehalten. Das Wasser roch nicht gerade gut. Bei Kollegin Fraportini-Langenfeld wäre der Duft glatt durchgefallen. So roch es auch. Durchgefallen. Aber mir war das im Moment egal.

Ich schwamm zunächst in Richtung Canal Grande. Schon nach den ersten Metern kam mir ein Boot mit einem Käfig an Deck entgegen. Nichts Neues für Venedig.

Seit einigen Jahren waren Taubenfänger unterwegs, um die Stadt vor noch mehr Schmutz zu bewahren. Seit dem Futterverbot vor etlichen Jahren war die Taubenpopulation zwar etwas zurückgegangen, aber es gab nach wie vor törichte Touristen, die ihre Essensreste vom Frühstück an die sowieso schon viel zu fetten Viecher verfütterten. Dicke Tauben sind natürlich für die Tierfänger ein gefundenes Fressen. Meist sind sie so vollgefressen, dass sie sich kaum noch bewegen können. Und den Tauben geht das ebenso.

Als ich an dem Kahn vorbeischwamm, hörte ich ein leises Gurren. Ich wagte einen Blick auf das

Boot. Der Käfig war gut gefüllt. Ich schätzte, dass dort rund 100 Tauben auf engstem Raum umherirrten. Ich hatte mir noch nie Gedanken darüber gemacht, was denn mit den Tauben passieren würde. Doch das war mir in diesem Moment auch vollkommen schnuppe.

Ich kraulte noch durch den Canal Grande ans andere Ufer. In Höhe der Kirche Santa Maria della Salute machte ich unter der Brücke Halt, die diese Kirche mit der am anderen Ufer stehenden Kapelle Santa Maria dell Giglio verbindet.

Als ich eine Weile am Uferrand mit ausgestreckten Armen lag und in den Himmel blickte, da wurde mir mal wieder bewusst, wie schön dieses Venedig doch sein könnte, wenn es immer so ruhig und friedlich wäre wie heute.

Keine Touristen, keine Kreuzfahrtschiffe, keine Kriminalromanautoren, die sich schwachsinnige Plots einfallen lassen, die immer abstruser werden. So gab es längst eine Krimireihe, die die Unterwelt von Venedig beschreibt.

Dort wurde auf Teufel komm' raus gemordet, gewürgt, geschossen, bis die Brücken zusammenkrachten.

Aber die richtige Unterwelt, also die Welt, die sich in den Kellern von Venedig abspielt, in den vertrackten Gängen, den Katakomben, den Grüften und Weinkellern, die kennen nur waschechte Venezianer. Und ich war schon ein bisschen stolz, fast dazuzugehören.

Als ich weiter schwimmen wollte, kam mir ein etwas größeres Schiff entgegen. Es war eines der Wasserfahrzeuge, die zwar auf dem Canal Grande genügend Platz hatten, aber für die mehr als 170 anderen Kanäle eher ungeeignet waren. Auch hier war ein großer Käfig an Bord. Aber er war nahezu zehnmal größer als der auf dem kleinen Schiff, welches mir vor meiner Haustür begegnet war. In diesem Konstrukt befanden sich auch zehnmal so viele Tauben.

Mir schien, dass der Bürgermeister es diesmal ernst meinte. Anscheinend ging es den Tauben jetzt an den Kragen. Zumindest den Kragentauben schien das gar nicht zu gefallen.

Ich wunderte mich also nicht, dass mir bei meinem mehr als eineinhalbstündigen Ausflug noch zwei weitere Taubenfängerboote begegneten. Sicherlich hatte Ascento angeordnet, dass die Fänger nur nachts aktiv werden sollten, um die Umweltaktivisten, die nicht nur ihm schon lange ein Dorn im Auge waren, von all dem nichts mitbekamen.

Mir war es recht, denn diese Viecher hinterließen einen Haufen Dreck. Da waren mir die Schwalben, die seit geraumer Zeit in den frühen Abendstunden über unserer Stadt in schönen Formationen ihre Flugkünste zeigten, schon viel lieber. Mir fiel meine Kollegin ein. Hatte sie nicht von Bordsteintauben gesprochen?

Als ich wieder zuhause angekommen war, stellte ich mich zunächst einmal unter die Dusche. Denn so schön es auch war, allein durch die Wasserstraßen zu schwimmen, noch schöner war es, danach den Schmutz vom Körper abzuwaschen. Ich sang unter der Dusche den einen oder anderen Hit von Madonna, Lady Gaga und meiner Lieblingsoperndiseuse

Maria de Montserrat Viviana Concepción Caballé i Folch. Es musste so grausam geklungen haben, dass mein Nachbar wie wild gegen die Zimmerwand klopfte.

Ich summte dann einfach noch leise zwei Hits von Rammstein und Metallica, pfiff ein Lied von Ilse Werner und fühlte mich, nachdem ich mich zum Schluss eiskalt abgeduscht hatte, wie Anton Karas in »Der Dritte Mann«. Ich zitterte.

Nach drei weiteren Drinks ließ ich mich rückwärts in mein Bett fallen. Ich schlief fast schon im Fallen ein. Endlich konnte ich auch mal wieder durchschlafen.

Der nächste Tag sollte wieder einmal turbulent werden. Auf dem Weg zum Kommissariat traf ich Luigi Motta im »Chez Bez Cez«, einem kleinen Laden mit der Möglichkeit, Coffee to go auch im Sitzen zu trinken.

Er war schon voll bei der Sache. Mit anderen Worten: Er bohrte bereits.

»Hallo Motta, kannst Du nicht mal am frühen Morgen die Finger aus der Nase lassen?«, fragte ich ihn.

Meinen Kollegen schien das gar nicht zu tangieren. Vielmehr schmierte er einen Popel unter den Tisch des kleinen Cafés. Es war zwecklos. Gemeinsam begaben wir uns dann ins Büro. Es waren schon alle Mann an Bord. Heute wollten wir unsere Ermittlungen fortführen. Stupido zeigte sich ob der Vorfälle, die uns gestern per Videoliveschalte vor Augen geführt worden waren, sehr besorgt.

»Stellt euch mal vor«, sagte er, »wenn auch nur ein Bruchteil von dem Zeug, das in dem Schuppen gelagert ist, hier in Venedig hochgeht, das gibt …«

Er rang nach Worten.

»Das gibt eine Katastrophe«, schloss er den Satz sichtlich erregt ab. »Wir müssen unbedingt wissen, wo die Bande den Sprengstoff gelagert hat.«

»Das kann ich Ihnen genau sagen, Stupido«, erläuterte ich, »das ganze Gewäff lagert auf unserer heißgeliebten Pestinsel.«

»Poveglia?«, fragte Katapultini.

»Genau, mein Lieber, ich denke, wir sollten den Gespenstern mal auf den Zahn fühlen.«

Ich erzählte den Kollegen noch einmal von meinem Kurzbesuch auf der Geisterinsel. Ich vermutete ja schon nach den ersten Anschlägen, dass sich die Gangster dort aufhalten könnten.

Leider waren sie damals nicht aufzufinden. Aber nun sah die Sache schon ganz anders aus.

Endlich waren die Amerikaner mal zu etwas nützlich.

»Ami go Home!«, rief ich triumphierend.

Unser Plan stand fest. Wir wollten am nächsten Tag nach Einbruch der Dunkelheit die Insel mit Schlauchbooten anfahren.

In dem ersten Boot hatten der Duce und drei seiner Leute Platz genommen.

Ins zweite Wasserfahrzeug hatte ich mich mit Motta und Katapultini gehievt.

Wir starteten auf dem Lido di Venezia vom Ufer des Bootsvereins Voga Veneta Lido, schräg gegenüber der unheimlichen Insel. An unseren Helmen waren Nachtsichtlampen befestigt worden, sodass wir alles im Blick hatten.

Langsam stießen wir uns vom Ufer ab und paddelten in gemächlichem Tempo durch die nächtlichen Fluten, die gar keine waren, weil das Wasser nahezu still lag. Marinossa und seine Leute sollten die Insel auf der Nordseite entern, wir nahmen Kurs auf den Ostzipfel.

Als sich unsere Wege trennten, winkten wir uns noch zu und wünschten einander »Viel Erfolg«.

Wir blieben mit Walky-Talkies in Funkverbindung. Der Geheimdienst hatte uns eine abhörsichere Frequenz zugeteilt.

Nach einer guten Stunde erreichte Benito Marinossa mit seiner Crew das Eiland.

Der Norden der Geisterinsel bestand nahezu nur aus verwildertem Gelände.

Alles war grün, keine Menschenseele würde man hier vermuten.

»SEK Woytala has landed. Over«, hörte ich die krächzende Stimme aus dem Lautsprecher des Funkgerätes.

Ich hob den Daumen und antwortete: »Roger, over!«

Ab jetzt herrschte Funkstille. Wir hatten unser Ziel auch erreicht und legten an einer unübersichtlichen Stelle in der Mitte der Ostseite der Insel an.

Motta und Katapultini stiegen zunächst aus dem Gummifloß und holten mich mitsamt des Wasserfahrzeuges ans Ufer. Anschließend zogen wir unser Gefährt weiter an Land und versteckten das Boot hinter einem Gebüsch, von dem es hier mehr als genug gab.

Motta notierte die Koordinaten, damit wir im Falle einer Flucht schnell wieder zum Gefährt zurückfinden konnten.

Wir schlugen uns durchs Unterholz und erreichten nach fast zweistündigem Marsch die ehemalige Schiffswerft, über die man schon so viel Unsinn geschrieben hatte.

Sie diente vor langer, langer Zeit als Außenstelle für Alte und Kranke, die man in Italien nicht haben wollte. Es traute sich niemand, darüber zu sprechen, dass man hier die ausgegrenzten Verlierer der Gesellschaft entsorgen wollte. 1970 war die Insel von den letzten noch lebenden Scheintoten verlassen worden. Seitdem kümmerte sich kaum noch ein Mensch um dieses Eiland.

Die wenigen, die versuchten, auf dieser Insel Schätze zu entdecken oder einfach hier leben wollten, all diese, so sagt man, seien nie wieder lebend von dort zurückgekehrt. Außerdem gab es Gerüchte, dass auf der Insel Geister hausen sollten. In Wirklichkeit waren diese Geister aber Flughunde und Fledermäuse.

Wir standen nun vor einem riesigen Gebäude. Wahrscheinlich diente es früher als Trockendock für die Schiffe der Piraten und Segler der christlichen Seefahrt. Die Gebäude drohten zu verfallen. Auf den Dächern waren kaum noch Dachpfannen zu sehen und überall hatte die Natur sich ihren eigenen Weg gebahnt. Bizarre Formationen aus Stein und Holz hatten sich gebildet. Hier lugte ein Ast aus einer Tür, da wuchs ein Baum auf dem Dach. Nichts deutete darauf hin, dass sich hinter diesen Mauern etwas abspielen würde.

Wir schlichen um eine Art vorgelagerten Geräteschuppen und standen dann vor dem Haupteingang. Die morsche Tür quietschte im Wind, der jetzt leicht wehte.

Wir konnten ins Haus eintreten, ohne gesehen zu werden. Der Raum war sehr hoch und es zog an allen Ecken und Kanten. Als ich plötzlich einen Luftzug an meinem linken Ohr verspürte, bekam ich zunächst einen Schrecken. Aber es war wohl nur eine Taube, die sich hier auf die Geisterinsel verflogen hatte. Es fühlte sich schon unheimlich an. Als dann auch noch ein Uhu uhute war das Gruselszenario perfekt.

Wir begaben uns auf die Suche nach möglichen Lebewesen in Form von Gangstern, die ja irgendwo hier sein mussten. Nachdem wir das Hauptgebäude durchkämmt hatten, gingen wir in den Hinterhof, um unser weiteres Vorgehen zu besprechen.

So langsam graute schon der Morgen. Wir hatten uns mit dem Duce und seinen Leuten für fünf Uhr an der Brücke, die den nördlichen Teil mit dem mittleren Teil Poveglias verbindet, verabredet. Wir erreichten den Ort nahezu pünktlich. Nur vom Duce und seinen Männern war nichts zu sehen. Auch ein Kontaktversuch mit dem Walky-Talkie kam nicht zustande. Irgendetwas stimmte hier nicht.

Wir schlugen uns ins Unterholz und wollten dann das weitere Prozedere besprechen.

Es war schon sehr hell so früh am Morgen. Die Sonne bahnte sich ihren Weg durch die Wolken. Erst jetzt konnte man genauer sehen, wie sehr sich die Natur hier ausgebreitet hatte. Fast urwaldgleich sah es rund um uns herum aus. Falls hier einmal Gebäude gestanden haben sollten, waren sie mittlerweile verschlungen worden und es wuchs im wahrsten Sinne des Wortes Gras über die Sache.

Als Marinossa auch gegen acht Uhr noch nicht aufgetaucht war, machten wir uns allein auf den Weg zur noch teilweise erhaltenen Kirche der Insel namens »San Vitale«. Dieses hübsche Gotteshaus, von dem aber nur der Campanile bis heute erhalten blieb, diente in den vergangenen Jahrhunderten auch immer wieder als Leuchtturm.

Wir wollten uns diesen Turm zu Nutze machen, um uns einen besseren Überblick über die Insel zu verschaffen, denn alles Gute sieht man von oben.

Als wir den Kirchturm schon vor Augen hatten, kam es plötzlich zu einem Zwischenfall.

Dort, wo früher die Kirchturmuhr war, klaffte ein großes Loch.

Aus dem Fenster unter dem Kirchturm flatterten plötzlich zwei Tauben kurz hintereinander gen Himmel.

Und in kurzen Abständen sah man auch eine weibliche Person aus dem Kirchturmuhrenloch heraus mit einem Gewehr auf eben diese Tauben schießen. Normalerweise werden für diese Sportart Tontauben verwendet, hier knallte man jedoch unschuldige Tauben aus Fleisch und Blut ab.

Nach einer Pause von jeweils einer Minute setzte sich das Spiel nun fort. Es musste wohl so eine Art Wettkampf stattgefunden haben. Immer wieder wurden die Tauben gnadenlos abgeknallt. Und wer auch immer auf die Viecher schoss, treffsicher waren alle Schützen. Nach einer halben Stunde kehrte dann Ruhe ein.

Eine verletzte Taube hatte es noch bis auf einen Baum, der in unserer Nähe war, geschafft. Kaum setzte sie sich auf einen Ast, fiel sie auch schon herunter.

»Volltreffer!«, frohlockte Motta. Offensichtlich hatte er das arme Tier mit seinem Popel vom Ast geschossen.

Ich schüttelte nur den Kopf. Katapultini musste grinsen und Kollege Motta zuckte nur mit den Schultern.

Wie sollten wir nun weiter vorgehen? Es war also offensichtlich, dass sich Menschen auf der Toteninsel befanden. Und zwar bewaffnete Menschen. Was zum Teufel wollten die hier? Wir schlichen uns näher an das klerikale Gebäude heran. Wir standen an einer Mauer und wurden Zeuge eines Gesprächs, das eine Frau mit einem offensichtlich schlecht italienisch sprechenden Menschen männlichen Geschlechts führte. Wir hörten nur bruchstückartig, was die beiden zu besprechen hatten.

Anscheinend ging es um einen Transport, der mit irgendwelchen Tieren stattfinden sollte. Ich glaubte, »Afrika« verstanden zu haben. Wir waren einfach zu weit weg, um uns zusammenzureimen, was die beiden verhackstückten.

Aus der Ferne hörte man das Brummen eines Motors. Tatsächlich, aus unserem Versteck heraus konnten wir sehen, wie ein Militärjeep auf die Kirche zufuhr. Auf der offenen Rückseite des Fahrzeuges waren vier mir bekannt vorkommende Personen an Bord. Als der Wagen an unserem Unterschlupf vorbeifuhr, hatten wir Gewissheit. Der Duce und seine Männer lagen gefesselt und geknebelt auf dem Geländefahrzeug. Das war kein gutes Zeichen.

Nachdem der Wagen in den Innenhof des Hauptgebäudes eingefahren war, verloren wir ihn aus den Augen. Was sollten wir nun tun? Wir durften das Leben der SEK-Leute nicht gefährden. Wir beschlossen, zunächst einmal in der Dunkelheit die Insel zu verlassen, um zurück in Venedig das weitere Vorgehen zu besprechen.

Motta erwies sich als exzellenter Pfadfinder. Ohne auf die Koordinaten zu schauen, die er sich aufgeschrieben hatte, leitete er uns spielerisch leicht in der aufkommenden Dämmerung zu unserem Schlauchboot. Nachdem wir unsere Nachtsichtlampen an den Helmen befestigt hatten, ging es zurück in Richtung Venedig. Katapultini, Motta und ich legten an und verabredeten uns für den nächsten Morgen.

Mein Chef erwartete uns schon, denn er hatte Neuigkeiten aus Deutschland erhalten. Der Fall nahm so langsam konkrete Formen an.

Als wir alle im Büro eingetroffen waren, legte Marco Stupido auch sofort los: »Ich begrüße Sie alle recht herzlich. Zunächst möchte ich Commissario

Brusketta bitten, uns über den Stand der Ermittlungen auf Poveglia zu berichten. Sie haben das Wort, Lorenzo«, sagte der Polizeichef und lehnte sich etwas zurück.

Derweil drehte Motta wieder kleine Kügelchen und Francesca duftete vor sich hin.

Meine Ausführungen besorgten SEK-Mann Giovanni Varese sehr.

Als er erfuhr, dass sich der Duce und seine Männer in der Gewalt der Verbrecher befanden, musste er erst einmal schlucken. Aber wir waren ja zusammen gekommen, um eine Lösung zu finden. Und vor allen Dingen wollten wir der Bande das Handwerk legen. Doch dazu mussten wir erst einmal wissen, was man ihnen konkret anlasten konnte.

Nach meinen Ausführungen waren wir dann übereingekommen, dass Varese und zwei weitere SEK-Männer gemeinsam mit Motta, Katapultini und mit mir gegen Abend zurück auf die Insel fahren sollten. Wenn es die Lage dann zuließe, würden wir versuchen, die Geiseln zu befreien. Obwohl wir von den Gangstern noch nicht gehört hatten, was sie mit unseren Männern machen wollten. Der Plan stand also fest. Zumindest was Poveglia anging. Natürlich waren wir gespannt, was es denn für Nachrichten aus Deutschland gab.

Stupido drückte auf einen Knopf und kurze Zeit später kam ein Flachbildschirm aus dem Tisch hochgefahren. Es war Technik vom Allerfeinsten. Unser Chef nahm eine Fernbedienung und drückte auf mehrere Knöpfe. Dann griff er zu einer Maus und klickte den Skype-Button an. Er wählte eine Telefonnummer, die mit der Ländervorwahl 0049 begann. Also eine deutsche Rufnummer. Eine Kamera, die an der Zimmerdecke hing, wurde so justiert, dass sie alle Mitarbeiter, die hier im Zimmer saßen oder auch standen, im Blick hatte. Nach dreimaligem Tuten erschien auf dem Bildschirm der Kopf des Polizeipräsidenten der Bochumer Kripo, Ludwig Brzelzskibowski.

»Buongiorno, Kollegen«, begrüßte er uns auf Italienisch.

Neben seinem Schreibtisch hatte sich ein Übersetzer niedergelassen.

»Der Bochumer Polizei ist ein lange gesuchter Verbrecher ins Netz gegangen, den wir auch im Zusammenhang mit ihrem Fall sehen. Bei dem 43-jährigen Alfred Zimmermann handelt es sich um eine Person, die bei Django Koslewski für die Drecksarbeiten zuständig ist. Bei einer Routinekontrolle in einer Tempo-30-Zone wurde er mit überhöhter Geschwindigkeit von 165 Stundenkilometern geblitzt. Nach einer knapp zweistündigen Verfolgungsjagd haben wir ihn dann kurz vor Frankfurt am Main dingfest machen können. Im Laufe der Befragung verzettelte er sich immer wieder mit dubiosen Ausreden, warum er so schnell gefahren sei. Wie auch immer, er erzählte auch, dass er für einen Fleischwarengroßhändler unterwegs gewesen sei. Nach einer Kontrolle des Autos hatten wir auch festgestellt, dass er nicht nur zu schnell gefahren war. Im Kofferraum der Limousine befanden sich mehrere Stangen Dynamit. Als wir ihn fragten, was er denn damit machen wolle, hat er dreist geantwortet, dass er damit zur Ruhr zum Fischen fahren wollte. Mit der Menge Dynamit, die er spazieren fuhr, hätte man fast die gesamte Nordsee leer fischen können. Also alles Bullshit. Der Sprengstoff sollte nach Italien gebracht werden.

Wir sind schon seit längerer Zeit Koslewski auf der Spur. Wie Sie und wie wir alle wissen, geht es Koslewski auch darum, nachdem er in Deutschland bereits eine Art Monopol im Fleisch- und Wurstwarensegment innehat, den italienischen Markt zu erobern. Deshalb ja die Anschläge in Venedig, deshalb auch die Vergiftungen in den Fastfoodläden von Maria Carne und Konsorten. Wir vermuten, dass Alfred Zimmermann den Sprengstoff von X nach Y transportieren sollte. Wobei XY noch ungelöst sind. Denkbar, dass Koslewski von X, also von Oer-Erkenschwick nach Y, also Venedig über Zimmermann die Waffen transportieren ließ. Wir haben den Gangster zunächst einmal in Untersuchungshaft genommen. Bevor wir ihn wieder laufen lassen müssen, werden wir ihn aber noch ordentlich in die Mangel nehmen. Wir arbeiten seit geraumer Zeit mit einem freiberuflichen Folterer aus Guantanamo zusammen. Inoffiziell sozusagen. Er läuft unter dem Namen »IM Killekille«. Sehr zuverlässig der Mann. Erst vor drei Wochen hat er einen Verbrecher, der drei ältere Frauen erdrosselt hatte, zum Geständnis gekitzelt, wenn Sie wissen, was ich meine.«

Ludwig Brzelskibowski drehte seine Hände hin und her, so dass es aussah, als würde er einen nassen Aufnehmer auswringen. Ein leichtes Lächeln huschte über sein Gesicht.

»Also, dieser Experte wird sicherlich auch unseren Verdächtigen zum Reden bringen. Passen Sie bitte in den nächsten Tagen auf, ob Ihnen in Venedig etwas spanisch vorkommt.«

Motta schaltete sich ein: »Wieso sollte uns hier etwas spanisch vorkommen, Venedig ist doch Italien, oder sollte ich mich irren?«

Stupido winkte ab und bat seinen deutschen Kollegen, fortzufahren.

»Also, wir sind ziemlich sicher, dass Koslewski und seine Bande in den nächsten Tagen in Italien zuschlagen wird. Verschiedene Geheimdienste haben uns das mehr als eindringlich versichern können. Seit der NSU-Panne bei uns in Deutschland setzen wir nur noch auf Einzelagenten. Wir versuchen dadurch mehr Sicherheit in den BND und in den Geheimdienst zu bekommen. Wir haben auch erfahren, dass im Gegenzug von Maria Carne geplant ist, den deutschen Fleischmarkt aufzumischen.

Einer Informantin, die sich bis an die Konzernspitze gespitzelt hat, ist zu Ohren gekommen, dass ein Anschlag in mehreren deutschen Städten geplant sei. Man wolle Koslewski durch Terror kleinkriegen. Es ist nur eine Frage der Zeit, wer wann den gesamten europäischen Fleischmarkt beherrschen wird. Und es gibt nur ein Rudi Völler, aber es gibt eine Maria Carne und einen Django Koslewski. Und ich bin ich und doch bin ich keiner zuviel.«

Was wollte uns der deutsche Kriminalbeamte jetzt damit sagen?

»Ich wollte damit sagen, dass der Krieg, der zurzeit auf dem Fleischmarkt tobt, sich danach auf den gesamten Lebensmittelbereich ausweiten wird. Bislang sind die Russen noch außen vor, ganz zu schweigen von den Indern, den Chinesen und den Amerikanern. Der CIA hat erst in der letzten Woche angedeutet, dass die Amis ihre Chlorhühner, egal wie auch immer, auf dem europäischen Markt unterbringen würden. Solange sich Carne und Koslewski hier in Europa bekriegen, kann es den US-Konzernen doch nur recht sein. Sollen die sich doch erst einmal selbst zerstören. Und schwuppdiwupp, so schnell können weder wir Deutschen noch ihr Italiener gucken, steht ausnahmsweise nicht der Russe, sondern dann steht der Ami vor der Tür. Und das wird nicht witzig. Noch sollten wir froh sein, dass wir lediglich genmanipuliertes Futter an hormonüberzüchtete Tiere verfüttern lassen. Aber Gnade uns Gott, wenn Carne oder Koslewski mit den Yankees gemeinsame Sache machen. Man soll das Schwein nicht vor dem Kotelett loben, wenn Sie wissen, was ich meine. Unser Augenmerk muss auf die Kontrahenten gerichtet sein. Keine Macht für niemand, schon gar nicht für Koslewski oder Carne. Wir dürfen nicht zulassen, dass uns Konzerne in Zukunft vorschreiben können, was wir essen und trinken sollen. Und vor allen, was wir dafür bezahlen sollen. Der Kapitalismus zeigt uns seine erbärmliche Fratze, liebe Kollegen in Italien. Viva Deutschland, Viva Italia, es lebe das sozialistische Volk. Drushba!«

Welch eine Rede, die unser Kollege aus Deutschland da gehalten hatte!

Spontan erhoben wir uns von unseren Plätzen und applaudierten stehend.

Stupido schaute in die Kamera: »Sie sprechen uns von der Seele, lieber Brzelzskibowski. Wir werden dafür sorgen, dass zumindest in Venedig wieder Ruhe und Ordnung herrscht. Auf weiterhin gute Zusammenarbeit. Vielen Dank.«

Ludwig Brzelzskibowski bedankte sich ebenfalls und damit war die Skype-Unterhaltung beendet. Es gab noch viel zu tun. Als Erstes stand die Befreiung von Marinossa und seinen Männern an.

Vor dem Kommissariat saß ein Mann mit einer roten Pappnase und einer grünen Baumwollperücke. Als wir näher kamen, hörten wir die Melodie »Es gibt kein Bier auf Hawaii«, gespielt auf einer alten Clownziehharmonika. Es war unser Straßenmusiker Ciriaco Fritzpatrick.

Im Schutze der Dunkelheit waren wir nunmehr mit sechs Leuten nach Poveglia zurückgekehrt. Nach wie vor herrschte eine angespannte Stimmung. Wir schlichen uns immer näher an den Unterschlupf der Ganoven heran.

Es war totenstill. Wo gestern noch aus dem Kirchturm geschossen wurde, hörte man nur den Uhu, der schon gestern uhuhte, uhuhen. Doch plötzlich kam Uhunruhe auf.

Hinter der Kirche gab es noch eine weitere sehr große Halle. Fast so groß wir drei Fußballfelder. Und hier wurde es urplötzlich hell. Ein Rolltor öffnete sich und drei LKW mit Containern fuhren in die Nacht. Es ging wohl in Richtung des ehemaligen Hafens.

Was zum Teufel befand sich in den Behältern auf den Lastwagen und wie kamen die Fahrzeuge überhaupt auf die Insel? Das sollten wir schon bald erfahren.

Bis zum Hafen mussten wir ein gutes Stück laufen. Nachdem wir uns durchs Unterholz geschlichen hatten, waren fast 50 Minuten vergangen. Aus der Ferne konnten wir erkennen, dass ein relativ großes Transportschiff am Kai lag.

Die drei LKW standen auf einem Parkplatz. Dort war auch noch ein Kran postiert, der wohl tatsächlich noch funktionsfähig war. Ein Container nach dem anderen wurde auf den Kahn gehievt. Die gesamte Aktion dauerte nicht länger als eine Viertelstunde. Hier waren Profis am Werk. Kurz darauf verließ das Schiff den Hafen und glitt hinaus aufs offene Meer.

Zu gerne hätte ich gewusst, was sich in den Containern befand und wo die Bande damit hin wollte. Wir schlichen uns wieder in den Schutz des Waldes zurück. Katapultini schnappte sich das Geheimhandy und informierte unsere Jungs in Venedig. Jetzt war es an Stupido und am SISMI gelegen, wie wir weiter vorgehen wollten.

Im Kommissariat herrschte ein munteres Treiben. Mein Chef und ein extra aus Rom angereister hoher Geheimdienstmitarbeiter, ein gewisser James Band, hatten alles unter Kontrolle.

In enger Abstimmung mit dem Innenministerium unter der Leitung von Giuseppe Zuppa höchstpersönlich wurde die Aktion in Angriff genommen. Es war zu gefährlich, das Schiff zu entern, da ja der Duce und seine Männer noch in der Hand der Verbrecher waren.

Solange man sie nicht befreit hatte, wollte man passiv bleiben und die Situation weiter aus der Ferne beobachten. Die Küstenwache wurde eingeschaltet und kurz darauf fuhr ein Überwachungsboot vom Hafen Venedigs in Richtung Poveglia. Über Satellit hatten die Kollegen alles im Blick. So waren sie sehr erstaunt, dass das Containerschiff Kurs auf den venezianischen Hafen nahm. Was hatten die Gangster vor?

Im Hafen von Venedig gibt es drei Anlegestellen. Der Hauptanleger heißt Stazione Marittima. Dort können die größeren Kreuzfahrtschiffe anlegen. Die etwas kleineren Schiffe legen am San-Basilio-Kai an. Die dritte Anlegestelle ist an der Riva Sette Martiri östlich des Markusplatzes. Sie befindet sich also auf der anderen Seite der Stadt in der Nähe des Botanischen Gartens, der Giardini Pubblici. Dort legen in der Regel die Transport- und Versorgungsschiffe an. Aber die Anlegestelle ist auch groß genug für Kreuzfahrtschiffe.

Die Kollegen von der Wasserschutzpolizei drehten sofort bei, als sie wussten, dass das Schiff nun an einer der drei möglichen Anlegestellen ankern würde. Logischerweise, denn man hatte ja Container an Bord, nahm das Boot Kurs auf den Anleger an der Riva Sette Martiri.

Schnell zu erreichen für Stupido und seine Männer. Kaum erhielten sie den Hinweis, machten sie sich auch schon auf den Weg zum Hafen. In dieser Woche waren besonders viele Kreuzfahrtschiffe in Venedig, war doch am Wochenende das berühmte Opernfest angesagt. Als James Band, Marco Stupido und die anderen Polizisten in Zivil am Hafen eintrafen, wollte das Schiff wohl zwischen zwei großen Touristenschiffen anlegen. So sah es zumindest aus. Doch Stupido und seine Leute warteten vergeblich darauf, dass das Wasserfahrzeug nach einem komplizierten Parkmanöver zwischen zwei großen Pötten wieder auftauchte. Es war plötzlich wie vom Erdboden verschwunden. Was war denn hier los? Die Beamten gingen nun näher an die Anlegestelle heran. Aber von dem Containerschiff war weit und breit nichts zu sehen.

»Das kann ja wohl nicht war sein«, fluchte Stupido.

James Band vom Geheimdienst blieb hingegen ganz cool.

»Keine Panik, Leute«, beruhigte er meinen Chef und die verwunderten Beamten. »Wir werden auch den Schiffsgrund untersuchen lassen. Sobald die drei großen Schiffe das Hafenbecken verlassen haben, werden meine Leute, die wir als städtische Kanalarbeiter tarnen, den Hafen auf den Kopf stellen. Ich vermute, dass es in Venedig noch Geheimnisse gibt, die außer den Kriminellen und den Ureinwohnern keiner kennt.«

Es war in der Tat so, dass es in Venedig von Verließen und geheimen Verstecken nur so wimmelte. Fast jedes Haus besaß einen Keller, der mal mehr oder weniger groß war.

Und nur die Hausbesitzer wussten und wissen, wo diese unterirdischen Gänge hinführen.

Schon 1363 - 1366 dienten diese Gänge als Verstecke gegenüber den Eindringlingen aus Kreta, die sich im Guerillakrieg mit den Urvenezianern befanden und äußerst ungemütlich werden konnten. Da ging nicht der Ouzo aufs Haus, sondern eher die brennende Fackel. Die Sage sagt, sonst wäre es ja keine Sage, dass es unterhalb der Häuser mehr Einwohner gegeben haben soll als in der Stadt selbst. Verhältnisse, die wir zur jetzigen Zeit eigentlich noch aus Österreich kennen. Es war auch immer wieder die Rede von einer großen unterirdischen Wasserstraße, die bis zu den verschiedenen vorgelagerten Inseln führen sollte. Gefunden hat man diese Unterwelt bislang noch nicht. Aber vielleicht hatten unsere Kollegen ja Glück.

Derweil hatten wir uns auf Poveglia weiter umgesehen. Dafür, dass hier die Geister spuken sollten, herrschte ein reges Treiben auf dem geheimnisvollen Eiland. Selbst jetzt, kurz nach Mitternacht, fuhren auf den wenigen befestigten Straßen etliche Fahrzeuge umher. Anscheinend hatten sich die Verbrecher der Carne-Bande hier häuslich niedergelassen. Da sich kaum jemand auf die Insel traute, konnten sie von hier aus ihre Untaten vorbereiten und anscheinend auch begehen. Als wir uns wieder zur großen Fabrikhalle zurückbegeben hatten, waren die Lastwagen schon wieder an ihren angestammten Parkplätzen abgestellt worden.

Plötzlich schien der Boden zu beben. Erdbeben sind ja nichts Ungewohntes für Italien, aber das roch eher nach selbst gemachten Erschütterungen.

Als wir ganz nahe an der Fabrik standen, konnten wir durch eine halb geöffnete Tür sehen, wie sich im Boden der hinteren Halle plötzlich der Boden auftat.

Eine Art Einfahrrampe wurde sichtbar und kurze Zeit später verschwanden zwei Schwertransporter in den Keller der Halle.

Was gab es dort wohl zu sehen? Zu gerne wären wir in die Unterwelt gefolgt, aber wir hatten ja immer noch kein Lebenszeichen von Marinossa und seinen Männern, die gestern in die Gewalt der Bande geraten waren. Erst dann, wenn feststand, dass sie nicht mehr lebten oder was natürlich optimaler gewesen wäre, wenn wir sie lebend befreit hätten, so war unsere Order, sollten wir aktiv werden. Also blieb uns nichts weiter übrig, als im Hintergrund zu ermitteln. Wir mussten höllisch aufpassen, denn wie wir gesehen hatten, gab es auf dieser Insel mehr als nur tote Pestopfer. Es war im wahrsten Sinne des Wortes dort sehr lebhaft.

Gegen drei Uhr am Morgen meldeten sich die Kollegen aus Venedig. Das Tauchkommando, das den Hafen in Venedig untersucht hatte, konnte nichts finden. Weder das Containerschiff noch einen unterirdischen Seetunnel. Absolut rätselhaft, wo das Schiff geblieben war.

Zur Zeit war der große Illusionist Heinrich Kupferfeld auf Italientour.

Wenn einer Wasserfahrzeuge aller Größenordnungen verschwinden lassen konnte, dann er. Aber so tapperten wir, wie seinerzeit Derrick, weiter im Dunkeln. Stupido teilte uns über Funk mit, dass wir bis zum nächsten Tag auf Poveglia bleiben sollten.

Gegen 5.30 Uhr wurde es dann so richtig lebhaft. Auf der Straße hielten mehrere SUV an. Daraus entstiegen Menschen in weißen Anzügen, die den Kit-

142

teln von Tatortreinigern ähnelten. Um sechs Uhr hörten wir dann eine Sirene aufheulen.

»Schichtwechsel«, sagte Motta und pulte vom rechten ins linke Nasenloch.

»Motta, du nervst. Hör doch mal endlich mit dem Gebohre auf«, sprach ihn Katapultini daraufhin an.

»Quatsch, Motta hat natürlich recht!«, erwiderte ich. »Sechs Uhr. Gewerkschaftlich korrekt, wie es in Italien zugeht, bedeutet das, dass die Nachtschicht beendet wird und die Morgenschicht beginnt. Hey, Motta, drei Popel hast Du gut. Na klar. Hier wird tatsächlich noch gearbeitet.«

Als wir uns etwas weiter vorwagten, konnten wir sehen, dass aus dem Inneren der Werkshalle mehrere Leute ans Tageslicht kamen und in die noch bereitstehenden Großwagen stiegen. Kurz waren auch Geräusche zu vernehmen, die sich wie das Rattern eines Fließbandes anhörten. Es wurde immer mysteriöser.

Nachdem die Autos mit den Arbeitern das Gelände verlassen hatten, wagten wir uns etwas näher an die Fabrikhalle heran. Es war niemand zu sehen, doch gerade als wir uns in die erste der großen Hallen begeben wollten, tauchte ein uniformierter Wachmann auf. Er hatte uns offensichtlich nicht bemerkt.

Er trat vor die Halle und zündete sich eine Mentholzigarette an. Ich erkannte das am Geruch, der zu uns hinüberzog. Die vielen verschiedenen Düfte, die Francesca Fraportini-Langenfeld ständig auflegte, hatten meinen Riechkolben zu einem exzellenten Sinnesorgan reifen lassen. Ich war mir sicher, dass Mottas Nase für diese Art von Sensibilisierung vollkommen ungeeignet war.

Nachdem der Aufpasser seine Zigarettenpause beendet hatte, vertrat er sich noch die Beine. Er schaute sich sorgfältig um. Ich hielt den Zeigefinger vor meine verschlossenen Lippen und deutete an, dass wir uns ruhig verhalten sollten. Wir gingen ein paar Schritte zurück ins Dickicht, um nicht vom Wachposten erwischt zu werden. Als der große, muskulöse Mann wieder in der Halle verschwunden war, schlichen wir uns weiter an das Gebäude heran.

Durch ein kleines Fenster konnten wir einen Blick in die Halle werfen. Ich staunte nicht schlecht. Mehrere Lastwagen standen in diesem riesigen Gebäude. In einer Ecke waren mehrere Container übereinander gestapelt. Nie hätte ich es für möglich gehalten, dass sich hinter den Mauern in diesen alten Fabrikhallen offenbar ein Warenumschlagplatz befand. Aber was wurde hier umgeschlagen?

Meine Neugierde und mein gesunder Menschenverstand prallten nun aufeinander. Sollten wir entgegen der Weisung aus Venedig handeln? Oder war es zu gefährlich und würden wir das Leben von Benito Marinossa und seinen Leuten gefährden?

Meine Neugier siegte letztendlich. Ich erklärte Katapultini und den anderen, dass es wohl sinnvoll sei, zumindest herauszubekommen, wo die Ganoven den Duce und seine Mitstreiter gefangen hielten. Außerdem könnte es ja immens wichtig sein, zu wissen, was sich im Untergrund abspielte. Wir teilten uns in zwei Gruppen.

Die SEK-Männer blieben außerhalb des Fabrikgeländes, um uns notfalls warnen zu können, wenn sich jemand den Hallen nähern würde. Motta, Katapultini und ich schlichen uns in die Haupthalle. Wir versuchten, den Eingang zur Unterwelt zu finden.

Da, wo sich erst vor gar nicht so langer Zeit der Boden geöffnet hatte, war nichts außer einem kleinen Spalt zu sehen. Nirgendwo ein Knopf oder ein Schalter, mit dem man den Boden wieder öffnen konnte. Doch hinter einem kleinen Vorsprung in der linken Ecke des Gebäudes war die Tür zu einer Art Fahrstuhl zu erkennen. Wir schauten uns um und liefen dann auf leisen Sohlen zu dem Aufzug. Als wir vor der Tür standen, fiel direkt auf, dass es sich hierbei nicht um einen normalen Fahrstuhl handelte. Es sah eher wie ein Open-Air-Aufzug aus. Irgendwo hatte ich so ein Gefährt vor kurzer Zeit schon einmal gesehen. Aber wo? Nachdem ich das Gefährt betreten hatte, fiel es mir sofort wieder ein. Als ich mit Francesca im Ruhrgebiet auf Ermittlungsreise war, hatte uns Heinrich Hase vom deutschen Geheimdienst das Bergbaumuseum in Bochum gezeigt. Dort unternahmen wir auch eine Fahrt in die Grube, in der einst die Bergleute, die man Kumpel nannte, hinuntergefahren worden waren. Und genau so ein Förderkorb war hier installiert. Ich fand das schon sehr merkwürdig.

Als ich mit Motta und Katapultini die Gitterbox betrat, fiel mir sofort ein Hinweisschild, das sich unter den Knöpfen für »Auf« und »Ab« befand, ins Auge: »Made in Germany« by Roland Uhrenstein und Kappel, Recklinghausen, NRW. Fahrstühle, Rollstühle, Kinderstühle, Bürostühle, Teerstühle aller Art. Ein Fahrstuhl aus Deutschland. Selbst das Herstellungsjahr war zu erkennen. 2002. Auch der deutsche TÜV hatte das Gefährt erst vor drei Monaten für unbedenklich gehalten und freigegeben. Man konnte sogar noch die Plakette vom Überwachungsverein erkennen. Ich registrierte das und speicherte die Informationen auf meiner internen Festplatte namens Gehirn ab.

Jetzt sollte es erst einmal hinunter gehen. So eine Fahrt im Förderkorb ist eine abenteuerliche Angelegenheit, da sich das Gefährt mit hoher Geschwindigkeit und einigem Getöse durch einen dunklen Schacht bewegt und man dabei haarscharf an den Wänden vorbeirauscht. Selbst der Fahrtwind kann zu einer heftigen Erkältung führen.

»Pass auf deinen Zinken auf, Motta«, sagte ich und drückte auf den Knopf, der uns auf die Fahrt unter Tage bringen würde.

Kaum hatte ich den Schalter betätigt, da setzte sich der Fahrstuhl mit einer unglaublichen Geschwindigkeit in Bewegung.

Von nun an ging es bergab. Nach ungefähr dreieinhalb Minuten blieb das Gefährt abrupt stehen. Es gab einen leisen Klingelton und aus einem Lautsprecher hörte man einen Hinweis vom Band erklingen.

»Achtung, Sie betreten nun den Hygieneschutzsektor. Bitte begeben sie sich zunächst in den Desinfektionsbereich. Danke!«

Nach diesem Aufruf öffnete sich die Tür und wir standen vor einer weiteren, allerdings verschlossenen Tür. Es war so eine Art Sicherheitsschleuse.

An der Wand befand sich ein großer roter Buzzer, wie man ihn aus dämlichen Quizsendungen im Fernsehen kennt. Motta ging auf die Tür zu und

146

wollte sogleich den runden großen Knopf betätigen, doch ich konnte ihn gerade noch daran hindern. Wer weiß, was passieren würde, wenn wir darauf drückten.

Ich hielt mein Ohr an die Tür, doch es war alles hermetisch abgeschlossen. Es war mir zu heiß, den Laden zu entern, denn wir wussten nicht, was uns hinter der Schleuse erwarten würde. Schweren Herzens traten wir die Rückfahrt wieder an. Immerhin wussten wir jetzt, dass sich hier unten etwas abspielte.

»Mensch, Lorenzo«, sagte Kollege Katapultini, »ich wäre nur zu gerne weiter gegangen. Menno, was mag in dieser Höhle wohl abgehen?«

Wenn ich eins hasste, dann war das dieses Wort: »Menno«.

Das klang so wie Benno und schon musste ich wieder an den Duce, Benito Marinossa denken.

»Pietro«, erwiderte ich, »mal ganz abgesehen von deinem Menno, ich wüsste auch gerne, was hinter der Tür abgeht. Wir werden nicht zum letzten Male hier unten gewesen sein.«

Motta schaute nur lethargisch in der Gegend herum. Er gähnte, ich grinste, wir fuhren. Über Tage, nach oben, hoch, an die Oberfläche. Alles Synonyme, die einem das Rechtschreibprogramm vorschlägt. Doch wir fuhren einfach nur aufwärts. Und mit unserem Fall sollte es weiter aufwärts gehen.

Als wir wieder in der großen Fabrikhalle angekommen waren, schauten wir erst einmal, ob jemand zugegen war. Dem war nicht der Fall. So wollten wir uns zumindest hier oben noch etwas umsehen. Ich zeigte auf die übereinandergestapelten Container. Sie waren alle verplombt. Und zwar nicht von einem Zahnarzt. An einem der Container hing noch der Rest eines knallroten Zettels. Leider konnte man nicht mehr genau entziffern, was dort geschrieben stand. Außerdem war er schon ziemlich zerfetzt. Zumindest in den beiden Ecken waren noch Bruchstücke von Buchstaben zu erahnen. So waren links oben am Rand die Buchstaben »Vet« und rechts unten in der Ecke »ick« erkennbar.

»Vetter und Trick«, sagte Motta, »genau! Irgendwas mit Vetterntrick.«

»Unsinn«, erwiderte Katapultini, »das kann alles heißen. Nur nicht Vetterntrick. Ist im Prinzip auch egal. Viel wichtiger wäre es zu wissen, was sich in den Behältern befindet. Aber das bekommen wir sicherlich auch noch heraus.«

Das war das Stichwort. Heraus.

Wir mussten schnellstens die Halle verlassen, denn aus der Ferne hörten wir Geräusche, die immer lauter wurden. Wir hasteten, so schnell wir konnten, zum Ausgang.

Nachdem Motta die Gegend ausgespäht hatte, winkte er uns zu und wir folgten ihm bis zu den Gebüschen, die sich in unmittelbarer Nähe befanden.

Durch das leicht geöffnete Eingangstor konnten wir die Halle gut einsehen. Was waren das nur für Geräusche? Ein Panzer, ein Schneeflug oder gar ein Mähdrescher?

Ehe ich meine Gedanken weiterspinnen konnte, musste ich schnell anderweitig reagieren. Ein Rolltor, das sich auf der gegenüberliegenden Seite der Halle befand, öffnete sich langsam. Als das Rollgitter zur Hälfte hochgezogen worden war, konnte man schon einen Blick auf das, was sich hinter dem Tor befand, werfen. Ein alter Jeep, der sicherlich noch aus den 1950er-Jahren stammte! Laut knatternd fuhr er in die große Fabrikhalle und hielt vor einem Holzschuppen an. Zwei Männer sprangen aus dem Fahrzeug und öffneten die Tür, die mit einer Kette gesichert war.

Ich hörte, wie einer der Typen laut schrie: »Los, ihr Drecksäcke, raus mit euch. Wir werden eine kleine Reise unternehmen. Bevor ihr das Zeitliche segnet, sollt ihr wenigstens wissen, wer in Zukunft auf diesem Planeten das Sagen hat. Los, jetzt, steigt ein, aber dalli!!«

Es war unschwer zu erraten, wer nun aus dem Schatten treten würde. Es waren unsere Kollegen vom Sondereinsatzkommando, die vor zwei Tagen mit uns auf die Insel gekommen waren. Der Duce sah sehr müde aus. Auch seine Männer machten einen erschöpften Eindruck. Ich musste aufpassen, dass man mich nicht durch das Fenster sehen konnte. Schnell zog ich meinen Kopf ein und hastete zurück zu meinen anderen Mitstreitern.

»Der Duce und seine Leute werden abtransportiert«, flüsterte ich und informierte somit auch meine Kollegen, »wir müssen versuchen, herauszubekommen, wohin die vier gebracht werden. Die Gangster scheinen vor nichts zurückzuschrecken. Ich befürchte, dass man die Truppe aus dem Weg räumen will.«

»Was sollen wir denn tun? Wir haben doch keine Order, dass wir eine Befreiungsaktion starten sollen«, sagte Katapultini.

Ich schaute ihn und meine anderen Leidensgenossen an und erwiderte: »Ich habe da eine Idee.«

Nachdem ich in Anbetracht der Eile in aller Kürze meinen Plan erläutert hatte, ging es auch schon zur Sache.

»Ungewöhnliche Situationen erfordern manchmal ungewöhnliche Maßnahmen«, erwiderte ich. Bevor der Jeep die Halle verlassen konnte, sprang ich aus unserem Versteck hervor und schrie: »Hasch mich, ich bin der Frühling!«

Dabei machte ich eine Hampelmannübung, wie man sie aus dem Sporttraining kennt.

Einer der beiden Gangster stieg direkt aus und rannte auf mich zu. Der andere Ganove blieb zunächst im Jeep. Als er jedoch von einem Stein, den Katapultini in seine Richtung warf, am Kopf getroffen wurde, war Schluss mit lustig. Erbost sprang er aus dem Geländewagen und versuchte, meinen Kollegen zu erwischen.

Bevor er Katapultini erreicht hatte, sprang Motta aus dem Gebüsch und zog ihm einen dicken Holzast über den Schädel. Mit einem lauten Schmerzschrei auf den Lippen fiel der Verbrecher um und blieb bewusstlos liegen.

Mein Jäger hatte mich mittlerweile aus den Augen verloren. Er konnte nicht mitbekommen haben, dass sein Kollege bereits im Reich der Träume weilte. Und bald schon sollte auch er ein kleines Nickerchen machen, denn ich lockte ihn unter eine uralte Eiche. Als er direkt unter einem Ast stand, sprang SEK-Mann Villeneuve dem Schurken ins Genick und drehte seinen Kopf etwas nach rechts. Man hörte nur noch ein Röcheln und schon war auch der zweite Gauner außer Gefecht gesetzt worden.

»Das hab ich in Paris gelernt und noch so mancherlei«, scherzte der Mann mit dem französischem Akzent.

Währenddessen holte Motta die Gefangenen ab. Er befreite sie zunächst von den Fesseln, stieg dann in den Jeep und kehrte zu uns zurück. Offensichtlich hatte keiner etwas von unserer Aktion mitbekommen. Und da ich davon ausging, dass die Bande Marinossa und Co. an einen geheimen Ort bringen wollte, um sie dann aus dem Wege zu räumen, sollte es keinem auffallen, wenn sie und der Duce mitsamt seinen Leuten und uns nicht mehr da waren. Wir fesselten und knebelten die beiden und legten sie auf den Rücksitz des Jeeps, der uns allen genügend Platz bot. Erst einmal weg von hier, so lautete unsere Devise.

Wir fuhren auf den östlichen Teil Povoglias, also dorthin, wo die Verbrecher Marinossa und seine Leute in Gefangenschaft genommen hatten.

Als wir dort ankamen, sahen wir, dass das Boot noch da war, wo es unsere Leute angedockt hatten. Zunächst überlegten wir, was wir mit den Gefangenen machen sollten.

Nach einem kurzen Telefonat mit Stupido war klar, dass wir sie auf keinen Fall hier auf der Toteninsel lassen konnten. Vielmehr hatten wir jetzt zwei der Verbrecher in unserer Gewalt. Als Nächstes versenkten wir den Jeep an einer tiefen Stelle im Wasser.

Danach trennten sich unsere Wege. Motta, Katapultini, die drei SEK-Männer und ich verschwanden wieder in Richtung unseres Bootes, das Motta natürlich sofort wiederfand.

»Einmal Pfadfinder, immer Pfadfinder«, triumphierte er, als wir vor dem Schlauchboot standen, und schnippte vor Freude ein Kügelchen in die Luft. Heute hatte er sich das verdient.

Benito Marinossa und seine Leute hatten die Ganoven mit an Bord ihres Bootes genommen und sowohl wir als auch der Duce erreichten kurz nacheinander den Lido di Venezia.

Stupido hatte bereits ein gepanzertes Fahrzeug angefordert, welches auch am Anleger auf uns wartete. Das heißt, weniger auf uns, mehr auf die Gangster.

Noch waren wir im Vorteil, denn wenn die beiden drüben auf Poveglia nicht vermisst wurden, hatten wir noch genügend Zeit, unser weiteres Vorgehen zu besprechen.

Als der Duce anlegte, bat er die beiden Gangster auszusteigen. Die zwei rührten sich jedoch nicht mehr. Schlimmer noch: Sie atmeten auch nicht mehr. Stupido war als glasklarer Analyst bekannt.

»Ich tippe mal auf Kaliumcyanid!«, sagte er ziemlich bestimmt.

»Was ist denn das?«, wollte Motta wissen.

»Nichts aus der Nase, mein Lieber«, scherzte mein Chef, »man kennt es auch als Zyankali. Eine kleine Kapsel, gerade mal so groß wie ein Popel reicht aus und aus Leben wird Tod. Und zwar so was von ratzfatz, schneller noch als huschhusch.«

Motta schnippte irgendetwas auf den Boden und errötete.

»Ja, Chef, ich glaube, ich habe verstanden«, nuschelte er.

Die beiden Gangster wurden sofort zur Untersuchung in die Gerichtsmedizin gebracht.

»So eine Scheiße!«, fluchte ich, »es wäre ja auch zu schön gewesen, wenn wir etwas mehr über das Werken der Bande erfahren hätten. Jetzt geht alles wieder von vorne los.«

Wir wussten zu diesem Zeitpunkt noch nicht, was sich auf Poveglia weiter ereignet hatte. Aber wir waren insofern im Vorteil, als zumindest niemand wusste, dass wir der Bande näher auf die Pelle gerückt waren.

Wir hatten die Lage also unter Kontrolle. Der Geheimdienst verfügte über eine ganze Reihe neuer Drohnen, die so klein waren, dass man sie fast unbemerkt einsetzen konnte. Und das taten wir dann auch.

Tag und Nacht überlieferten uns die hochsensiblen Kameras gestochen scharfe Bilder von dem Treiben auf der Insel. Anscheinend hatte noch niemand die Ganoven vermisst.

Denn wie man auf den Bildern sehen konnte, ging es zumindest in der riesigen Fabrikhalle zu wie auch an dem Tag, an dem wir die Betriebsamkeit dort entdeckt hatten. Das sollte sich aber schnell ändern.

Am nächsten Tag erfuhren wir von Gerichtsmediziner Esagerone etwas, das Stupido bereits treffsicher vermutet hatte. Die zwei hatten sich mit Zyankali vergiftet.

Wir ließen die Fingerabdrücke überprüfen und wurden schnell in unserer Kartei fündig. Die beiden Verbrecher wurden schon seit mehreren Jahren gesucht. Es handelte sich um den dreiundvierzigjährigen Marcello Spesso und den zwei Jahre älteren Franco Assetato. Sie wurden wegen mehrerer Gewaltdelikte gesucht. Aber das hatte sich ja jetzt erledigt. Man konnte sie nun unter »Gesucht und gefunden« einordnen und abheften. Tot waren sie ja bereits.

Als ich im Kommissariat einen Blick in die Akten der beiden Verbrecher warf, fiel mir auf, dass sie auch über Interpol für die deutsche Kripo gesucht wurden. Im Zusammenhang mit dem Anschlag 2008 auf den Bochumer Schlachthof waren sie immer wieder in Verbindung mit der damaligen Bandenchefin Karin Schnöder gebracht worden.

Sie waren seitdem auf der Flucht und wurden international gejagt.

In einigen Fällen tauchten die Namen auch im Zusammenhang mit Maria Carne und Konsorten auf. Sollte die Herrscherin der Innereien etwa auf Poveglia ihr Unwesen treiben?

In unserem Revier herrschte eine heftige Betriebsamkeit. Noch waren wir im Vorteil. Offensichtlich war das Verschwinden von Spesso und Assetato noch nicht bemerkt worden.

Am nächsten Morgen waren auch Innenminister Giuseppe Zuppa und sein Sprecher Paolo Chiacchierone eingetroffen. Er war durch die Kollegen um Giovanni Varese bestens informiert und somit auf dem Laufenden.

In einer kurzfristig angesetzten Konferenz wurde das weitere Prozedere besprochen. Eigentlich plädierte Stupido für die Erstürmung der Insel, aber nach zweimaliger Abstimmung entschlossen wir uns doch für die sanftere Methode. Statt Erstürmung hieß es nun Erschleichung. Mitten in unsere Planungen platze die nächste Bombe, obwohl außer Luigis Hose sonst gar nichts geplatzt war.

Francesca Fraportini-Langenfeld hatte in den letzten Tagen den Kontakt zu den deutschen Kollegen in Bochum gehalten. Als kurz vor Beendigung unseres Meetings ein Schwall von Citrus-, Ananas- und Ammoniakduft die Luft des Raumes eroberte, da wusste ich, dass Francesca mal wieder ein neues Parfum aufgetan hatte. Aber mit den neuen Düften kamen auch die neuen Nachrichten aus unserem Nachbarland.

Die Kollegin war ganz aufgeregt. Wild mit einem Zettel in der Luft wedelnd, kam sie ins Besprechungszimmer gestürmt.

»In Deutschland ist die Geflügelpest ausgebrochen. Alle Hühner-, Enten-, Gänse- und Putenfarmen werden ab sofort geschlossen. Das ganze Federvieh muss vernichtet werden. Es droht sonst eine massive Gefährdung der Bevölkerung, solange sie sich noch nicht vegetarisch oder vegan ernährt. Ein äußerst aggressives Virus scheint auf dubiose Weise in die Ställe gelangt zu sein. Die Börse spielt auch schon verrückt. Ich habe natürlich sofort mit dem Landwirtschaftsministerium in Rom telefoniert. Aus der Kanzlei von Ministerin Pancina di Maiale kommt Entwarnung für Italien. Aber sicherheitshalber will man die Grenzen dichtmachen. Es werden ab sofort keine Lebensmitteltransporte aus Deutschland abgefertigt werden. Einfuhrverbot. Und nicht nur für Geflügel, da scheint viel mehr im Busch zu sein. Wir müssen von einem kriminellen Anschlag ausgehen. Die Bevölkerung darf jetzt nicht hysterisch reagieren. Ministerpräsidentin Isabella Salsiccia wird noch heute Abend vor die Presse treten.«

»Warum und vor welche Fresse treten?«, wollte Motta wissen.

Ich merkte sofort, dass es sich dabei um ein Verhör handelte und winkte gelangweilt ab.

»Meine Damen und Herren«, sagte Stupido und mein Chef wirkte nun noch entschlossener, »ich fürchte, dass Carne und Co. ihre Finger im Spiel haben. Umso wichtiger ist es, zu erfahren, ob sich die Bande auf Poveglia aufhält. Heute Nacht werden wir zuschlagen, vorausgesetzt, der Innenminister gibt grünes Licht.«

»Wieso ist das Licht denn grün?«, fragte Motta.

Im Raum herrschte eine angespannte Stimmung.

»Mensch, Motta«, sagte Stupido, »können Sie nicht mal ihr Gehirn einschalten?«

Konnte er offensichtlich nicht. Vielmehr schlich er beleidigt aus dem Raum.

Wir warteten gespannt auf die 20-Uhr-Nachrichten.

Und direkt am Anfang der Sendung kam die angekündigte Rede von Isabella Salsiccia. Sie trat vor die Kameras der vielen Nachrichtensender, die sich um die besten Plätze geprügelt hatten. Längst wusste die Bevölkerung über die sozialen Netzwerke Bescheid, dass die Lage in Deutschland sehr ernst geworden war.

Am frühen Abend sickerte durch, dass nunmehr auch mehrere Schweinezuchtbetriebe von einem Virus befallen worden waren. Gerüchte, dass sämtliche Schweine notgeschlachtet werden sollten, machten die Runde.

Parallel zur Rede im italienischen Fernsehen meldete sich auch die deutsche Bundeskanzlerin Beate Rippspeer zu Wort. Doch wir schauten natürlich zunächst gebannt auf den Fernseher, um zu erfahren, was unsere Oberpolitikerin zu berichten hatte.

Salsiccia trug einen roten Rock von Adriano Baranello. Ein rosa T-Shirt mit der Aufschrift »Altro e dire, altro e fare!«, sehr lange Ohrringe, die die Form von Wassermelonen hatten, blau-weiße Ringelsocken und hellgrüne Birkenstock-Sandalen. Aber das waren Äußerlichkeiten.

Entscheidend war, was vorne rauskam. Aus ihrem Munde.

»Liebe Mitbürgerinnen und Mitbürger. Einige von Ihnen werden es vielleicht bereits aus den sozialen Netzwerken wie Zwitter, Macebook oder Finstagram erfahren haben. In unserem Nachbarland Deutschland ist die Geflügelpest ausgebrochen. Das ist noch kein Grund zur Panik. Unser Land ist bislang von der Krankheit nicht betroffen. Ich möchte ausdrücklich darauf hinweisen, dass der Verzehr von italienischem Geflügel absolut bedenkenlos erfolgen kann. Ich bitte sie jedoch darauf zu achten, dass die Hygienevorschriften strengstens zu beachten sind. Kochen sie die Tiere bei mindestens 80 Grad. Und zwar gut durch. Im Anschluss an diese Rede sehen Sie einen Rezeptvorschlag unseres Fernsehkochs Marcello Avvelenamento. Statt Zucker können Sie auch Honig verwenden. Doch zurück zur Lage der Nation …«

Die Präsidentin hielt eine flammende Rede. Immer wieder betonte sie, dass es keinen Grund zur Beunruhigung gebe. Doch während sie weiter für italienische Produkte warb, lief im Newsreader unten am Bildschirm bereits eine weitere Hiobsbotschaft: »Deutsche Bundeskanzlerin kann Todesfälle durch den Verzehr von Geflügel nicht ausschließen. In einer niedersächsischen Kleinstadt sind offenbar zwölf Vergiftete ins Krankenhaus gebracht worden. Erste Schweinemastfabriken in Nordrhein-Westfalen geschlossen. Landwirtschaftsministerium warnt auch vor Verzehr von Rindfleisch. Erbsensuppe ohne Einlage ist unbedenklich.«

Das waren ja hervorragende Aussichten. Auf dem Börsensender »Italo-West« zeigten alle Kurse auf den Laufbändern nur noch in eine Richtung. Roter Pfeil nach unten. Hoffentlich ging das alles gut aus.

Nach der Rede von Ministerpräsidentin Salsiccia begaben wir uns wieder an die Arbeit. Und da drohte auch schon das nächste Unheil. Mein Handy klingelte.

»Commissario Brusketta, was kann ich für Sie tun?«, meldete ich mich.

»Varese hier«, sagte der SEK-Mann, der mit einigen Männern in Venedig auf Streife war, »Sie müssen sofort zum Hafen kommen, wir haben eine interessante Entdeckung gemacht. Bringen Sie noch ein paar Leute mit. Ich erwarte Sie am Kai 5.«

»Varese? Wir werden in einer guten Stunde dort sein. Können Sie schon Näheres verraten?«, fragte ich meinen Kollegen.

»Nicht am Telefon. Das wäre zu gefährlich. Ciao, Brusketta, bis später.« Dann legte der SEK-Mann auf.

Na, das klang ja vielversprechend. Nachdem Stupido die Dienstpläne für die nächste Woche vergeben hatte, schnappte ich mir Katapultini und Francesca und wir machten uns auf den Weg zum Anleger am Riva Sette Martiri.

Als wir dort angekommen waren, standen Varese und seine Männer vor einem der großen Kreuzfahrtschiffe. Es war die Hagia Sophia aus der Flotte der deutschen Bullawerft in Wilhelmshaven. Die Reederei besaß mehrere Kreuzfahrtschiffe. Gerade die Hagia Sophia ist bei den Touristen aus der ganzen Welt beliebt, da sie zwar sehr groß, aber auch für den kleinen Geldbeutel, was den Urlaub anging, bezahlbar war. Nebenan am zweiten Anleger war ein kleineres Transportschiff zu sehen. Irgendwie kam mir der Kahn bekannt vor.

Ich begrüßte zunächst Varese per Handschlag und ging dann näher an das Schiff heran. Wenn mich nicht alles täuschen würde, handelte es sich um das Boot, das seinerzeit die drei Container von Poveglia hier in den Hafen gebracht hatte und dann plötzlich spurlos verschwunden war. Ja, es musste das Fahrzeug sein. Schließlich waren ja wieder drei Container auf dem Boot zu sehen.

»Ich weiß, was Sie denken, Brusketta«, sagte Varese, »und wissen Sie was? Sie haben Recht. Dieses Boot hat uns schon einmal zur Verzweiflung gebracht. Es ist eindeutig der Kahn, der uns damals durch die Lappen gegangen ist. Und wissen Sie wohin?«, fragte mich mein Kollege.

»Das werden Sie mir jetzt wahrscheinlich erzählen«, erwiderte ich.

Und so war es. Varese ging mit mir an Bord des Transportschiffes.

»Die Besatzung ist ausgeflogen. Kein Mann, keine Frau, geschweige denn andere Ratten an Bord. Aber wir wissen jetzt, wohin das Boot vor ein paar Tagen verschwunden war. Kommen Sie.«

Varese ging mit mir und zwei Leuten an Deck und bat einen seiner Mitarbeiter, der einen Bootsführerschein besaß, ans Steuer.

Der Mann kannte sich offenbar gut aus. Er manövrierte das Schiff sicher vom Anleger weg und fuhr auf die Hagia Sophia zu.

»Um Himmels Willen«, schrie ich, als der Kollege fast auf das Kreuzfahrtschiff auffuhr, »passen Sie auf, wir kollidieren!!«

Der Schiffslenker lächelte nur und griff zu einer Art Fernbedienung. Er drückte auf einen grünen Knopf und kurz bevor der Transporter auf das Kreuzfahrtschiff traf, öffnete sich an dem Ozeanriesen eine Art Schleuse und wir fuhren ins Innere des Urlaubsfrachters.

Erst jetzt wurde mir bewusst, wie riesig diese Schiffe waren und welche Belastung sie für die Umwelt darstellten. Aber das musste erst einmal außen vor bleiben. Vielmehr war ich sehr erstaunt von dem, was sich hier im Rumpf des Schiffes auftat.

Mit unserem kleinen Transportschiff brachte uns der Kollege in eine Art Schiffshebewerk. Es ging nun etwas aufwärts. Danach lag das Boot auf dem Trockenen.

In dem Raum standen sicherlich mehrere Dutzend Schiffscontainer. Fast alle waren gekennzeichnet. Es gab Behältnisse für Verpflegung, Bettwäsche, es gab sogar drei Getränkecontainer nur für Bier. Aber in einer Ecke, etwas versetzt von den anderen Behältern, waren auch drei Containerplätze frei. Und hierhin transportierte ein weiterer Geheimdienstmann nun mit einem Lastenkran die drei Container, die sich auf unserem Boot befanden. Nachdem er die Metallsilos dort abgestellt hatte, verließen wir das Boot. Varese ging mit uns zu den Behältern. Die Plomben hatte er bereits am Kai gelöst. Er wusste auch schon, was sich in den Behältern befand.

Als er eine kleine Klappe an der Seite öffnete, kamen uns direkt einige Federn entgegen.

»Jetzt sagen Sie nicht, dass darin Geflügel transportiert wird«, schaute ich den Kollegen fragend an.

»Nein, nein, Brusketta«, erwiderte dieser, »viel merkwürdiger. In den Containern befinden sich tatsächlich nur Federn. Und zwar Taubenfedern. Ich möchte zu gern wissen, wie die da hineingekommen sind und was damit passieren soll.«

Das war in der Tat sehr merkwürdig. Die Besatzung der Hagia Sophia durfte nicht von Bord gehen und die Touristen sollten von nichts etwas mitbekommen. Es kamen schwierige Aufgaben auf uns zu.

Der Kapitän des Dampfers, Anton Pawelak, ein alter Haudegen, der schon seit frühester Jugend zur See gefahren war, zeigte sich sehr hilfsbereit. Glaubhaft versicherte er uns, dass weder er noch seine Deckoffiziere irgendeine Ahnung hatten, was unter Deck vor sich ging. Aber die undichte Stelle musste sich an Bord befinden. Es war alles nahezu perfekt vorbereitet worden. Pawelak stellte uns zwei Kajüten zur Verfügung, sodass wir einen nach dem anderen von der Besatzung an Bord befragen konnten.

Wir hatten nur einen Tag zur Verfügung, an dem wir die Mitarbeiter verhören durften, da das Schiff bereits in aller Herrgottsfrühe am nächsten Morgen ablegen wollte.

Wir waren mit allen zur Verfügung stehenden Kollegen in den Büros. Von den rund 400 Besatzungsmitgliedern befanden sich bis auf sechs erkrankte Personen alle an Bord.

Der Obersteward hatte ganze Arbeit geleistet. Wir konnten also fast die gesamte Crew befragen. Alphabetisch geordnet, versteht sich, schließlich war das ein deutsches Kreuzfahrtschiff, kam ein Besatzungsmitglied nach dem anderen in unsere provisorisch hergerichteten Verhörräume.

Es schien in der Tat niemand von den merkwürdigen Transporten zu wissen. Selbst der Lademeister konnte glaubhaft versichern, dass er davon ausgegangen war, dass es sich bei den Containern um gecharterte Waren handelte, die nach Afrika geliefert werden sollten.

Es war nicht unüblich, dass Reedereien freien Frachtraum für Transporte in die anzufahrenden Länder anboten. Ein kleines Zubrot, das auf dem immer enger werdenden Markt gerne mitgenommen wird.

Franz Schlicker, der für das Containergeschäft verantwortlich war, zeigte uns bereitwillig die beigelegten Transportpapiere.

Daraus ging hervor, dass die Container von einer gewissen »Flytrans – Federbetten Holding« mit Firmensitz in Venedig zu einer Firma namens »German Beet- and Brechfast-AG – Section Kapstadt« in Südafrika, dem nächsten Ziel des Schiffes, verbracht werden sollte.

Katapultini ließ die Firmenangaben in Rom abfragen. Am Nachmittag erhielten wir dann eine E-Mail mit den Daten.

»Da schau her«, rief ich erstaunt, als ich die Nachricht erhielt, »und diese Holding gehört zu 51 Prozent zur Carne-Gruppe. Geschäftsführer ist August Canossa, Wurstfabrikant aus Sizilien und aus Leidenschaft. Was haben diese Federn mit Wurst zu tun?«

Als kurze Zeit später eine zweite Nachricht eintraf, wurde es noch abstruser. Die »German Beet- and Brechfast-AG« gehörte zum Koslewski-Imperium. Was zum Teufel hatten die verfeindeten Banden miteinander zu tun?

Nachdem wir alle Crewmitglieder verhört hatten, verließen wir den Kreuzfahrtdampfer. Viel schlauer waren wir jetzt auch nicht.

Wir konnten auch nichts weiter unternehmen, denn der Containertransport war nicht zu beanstanden, da alle Formalitäten korrekt erledigt worden waren. Selbst die Angaben auf den Zollpapieren stimmten aufs Gramm genau mit dem im Frachtbrief ausgefüllten Gewicht überein. Auch Kontrollen des Inhalts ergaben nichts anderes als Federn, Federn und nochmals Federn.

Am späten Abend bat mich Stupido noch in sein Büro.

»Lorenzo«, sagte er nachdenklich, »ich weiß bald nicht mehr weiter. Was geht hier ab? Wir müssen am Ball bleiben. Motta und Katapultini werden morgen früh mit einer Hundertschaft die Geisterinsel auf den Kopf stellen. Wir müssen wissen, was hinter dem ganzen Gedöns steht. Ich denke, dass wir in einem Lebensmittelkrieg stecken. Calzonetti hat vor zehn Minuten angerufen. Es gibt Hinweise, dass die Lebensmittelvergiftungen in Deutschland immer größere Ausmaße annehmen. Bundeskanzlerin Rippspeer schließt ein Verbot vom Verzehr jeglicher Art Fleisch nicht mehr aus.«

»Das ist ja ein gefundenes Fressen für die Veganer«, lachte Motta und schnippte seinen Popel an die Zimmerdecke.

»Und wenn Sie nicht gleich aufhören mit der Rumbohrerei, werfe ich Sie den Pflanzen zum Fraß vor«, schrie mein Chef.

Motta verzog sein Gesicht und anschließend sich selbst.

»Ist ja schon gut«, raunzte er eingeschnappt.

»Lorenzo, Sie und Francesca werden morgen noch einmal ins Staatsarchiv gehen. Ich möchte zu gern wissen, ob es nicht doch uns unbekannte unterirdische Verbindungen gibt. Ich hatte da vorhin so eine Eingebung.«

Er schüttete uns noch jedem ein Glas Martini ein und prostete uns zu.

»Wir werden siegen. Venedig muss wieder sicher werden. Denn Sicherheit ist der Anfang allen Vertrauens. Die Bevölkerung soll wissen, dass die Polizei in unserer Stadt alles im Griff hat. Leute, ich zähl auf Sie.«

Stupido machte einen übernächtigten Eindruck. An seiner Oberlippe konnte man einen weißen Pulverstreifen erkennen.

Nach dem Umtrunk verließ ich nachdenklich unsere Einsatzzentrale. Ich spazierte noch eine Weile in der Stadt umher.

Es war circa 22 Uhr. Venedig schien zu schlafen. Alles blieb ruhig. Nichts deutete auf irgendein schlimmes Ereignis hin. Trotzdem zuckte ich bei nahezu jedem Geräusch zusammen. Dieser Fall hatte uns alle an die Grenzen der Belastbarkeit geführt.

Als ich zuhause angekommen war, nahm ich zunächst ein Bad, zog mir meinen Morgenmantel an, der mir auch am Abend gut zu Gesicht stand, nahm meine Decke, legte mich auf die Couch, stellte den Fernseher an, zappte durch alle Programme und blieb plötzlich beim Verkaufssender »Schnäppchen-TV« stecken.

»Jeder Scheiß zum halben Preis«, dachte ich.

Ein Männlein in einem viel zu großen Anzug pries seine Waren an. Schnellkochtöpfe, Besteckkästen mit Blechmessern und Gabeln, Käsehobeln aus minderwertigem Schrott, Handtücher, Tischtücher, Taschentücher - fast hätte ich für Motta ein Set mit Blümchenmuster bestellt - Trockentücher, die ganze Palette mit Sachen, die eigentlich keiner haben will, die aber weggingen wie warme Panini. Brötchen, nicht Sammelbilder.

Nach einer kurzen Unterbrechung in der Werbesendung ging es dann weiter mit der Anpreisung von Ramschware. In der nächsten halben Stunde laberte mich der Quasselkopf von oben bis unten zu.

»Diese Matratze besticht nicht nur durch ihre formschöne Form, vielmehr ist auch die Form so schön, dass die Schönheit der Form eine schöne Formschönheit zur Folge hat. Doch nicht nur diese Matratze gehört zu den meistverkauften Matratzen unseres Senders – Sie glauben ja gar nicht, wer nicht schon alles auf diesen Matratzen für Nachwuchs gesorgt hat, ja, diese Matratzen fördern auch die Sexualkraft. Sie möchten gar nicht mehr woanders, Sie wissen schon, was ich meine, hahaha.«

Mein Fresse, was ging mir der Typ auf den Keks. Man sollte den Schreihals in den Freiwald auswildern oder mit einer Rakete auf den Mars schießen.

Als ich gerade umschalten wollte, hörte ich nur noch die Worte: »... Federn, die Sie so noch nicht erlebt haben. Ein Genuss, in diesem Daunenbett sanft zu entschlafen, hahaha, einzuschlafen natürlich. Die Federn bestehen aus hochwertigen Daunen von freilaufenden Gänsen aus kontrolliertem Anbau von glücklichen Bauern mit noch glücklicherem Vieh ohne Gentechnik, mit Solarenergie und klitzekleinen Killekillefederchen. Hach, hahaha.«

Er warf sinnlos mit Federn um sich.

Federn, warum nicht Taubenfedern in Federbetten, die sowieso niemand aufschlitzt. Könnten unsere Container mit den Federn nicht in Südafrika zur Befüllung von billigem Bettzeug dienen, um dann über einen Sender wie diesen an unbedarfte Verbraucher zu überteuerten Preisen verkauft zu werden? Mann, warum war ich nicht schon viel eher auf den Gedanken gekommen? Ich wollte das auf jeden Fall morgen bei der Lagebesprechung mit einbringen.

Bevor ich dann wegzappte, schaute ich mir den Schwachkopf noch ein wenig weiter an. Jetzt nach Mitternacht versuchte man auf diesem Verkaufskanal auch noch Sexspielzeug an die Frau zu bringen. Als der Schwachkopf dann mit zwei lila Vibratoren auf dem Bildschirm erschien und sich einen in den Hintern und den anderen in sein linkes Ohr steckte, hatte ich die Faxen dicke und zog kurzerhand den Stecker aus der Dose. Keine zehn Minuten später war ich eingeschlafen.

Um sechs Uhr in der Früh klingelte mein Wecker. Ich streckte mich, ich warf die Beine hinter mich. Dann sprang ich aus dem Bett, boxte gegen die Wand, es war ja schließlich ein Boxspringbett, nahm meine Acht-Kilo-Hanteln, zog gnadenlos mein Morgentraining durch. Ich öffnete das Fenster und vollbrachte mit der Zahnbürste im Mund zwanzig Kniebeugen, um nach anschließenden siebenundachtzig

Liegestützen meine Hose anzuziehen und mich mit nacktem Oberkörper an den Frühstückstisch, der gestern Abend noch mein Abendbrottisch war, zu setzen und stand sofort wieder auf, weil ich ja seit vier Jahren geschieden war und mir seitdem immer selbst meinen Kaffee kochen musste, dies aber manchmal verdrängte, um dann festzustellen, dass man es als verheirateter Mann mit chauvihaftem Denken schon leichter haben könnte. Kurzum, ich stand auf, drückte auf den Knopf des Lavassaeinknopfdruckkaffeeautomaten und setzte mich dann mit einer gut aufgebrühten Tasse mit köstlich duftendem Kaffee wieder an den Tisch, um noch einmal aufzustehen, um auch die festen Speisen auf dem Frühstückstisch zu drapieren.

Nach diesem allmorgendlichen Ritual machte ich mich auf den Weg ins Kommissariat. Dort wurde ich schon erwartet.

Stupido überfiel mich bereits im Türrahmen.

»Lorenzo«, sagte er erregt, »wir haben erste Fälle von Fleischvergiftungen in Südtirol zu verzeichnen. Es wird so langsam ernst!«

»Nun beruhigen Sie sich doch erst einmal«, versuchte ich zu beschwichtigen, »was genau ist passiert?«

Als ich das Büro betrat, sah ich alte Bekannte auf den abgesessenen Sesseln sitzen: Innenminister Zuppa, Ministerpräsidentin Salsiccia und Landwirtschaftsministerin Pancina di Maiale, die ich noch nicht persönlich kannte. Sie war viel kleiner, als sie im Fernsehen wirkte. Ihre Zähne standen krumm und schief in ihrem Unterkiefer. Das rechte Auge, falls es echt war, hatte eine andere Farbe als das linke. Sie hatte die Haare dunkelrot gefärbt und trug ein giftgrünes Kostüm, das mich an eine Tochter eines ehemaligen Bundespräsidenten aus unserem Nachbarland Deutschland erinnerte.

Bevor ich die Dame weiter mustern konnte, kam sie schon auf mich zu, reichte mir die rechte Hand und begrüßte mich: »Brusketta, erfreut Sie persönlich kennenzulernen, Kollege Zuppa hat mir viel Gutes von Ihnen erzählt.«

Sie schlug mich mit der linken Hand auf das rechte Schulterblatt, sodass ich fast aus den Socken gefallen wäre.

»Ganz meinerseits, Signora«, erwiderte ich und klatschte ihr meine rechte Hand auf ihr linkes Schulterblatt.

Sie geriet ins Strauchelnd und konnte von Glück sagen, dass Stupido ihren Fall aufhielt.

Nachdem ich mich entschuldigt hatte, ging es weiter um unseren Fall.

»Meine Damen und Herren«, fuhr Zuppa fort, »es ist das eingetreten, was wir eigentlich nicht für möglich gehalten haben. In einigen Dörfern an der Grenze zu Österreich sind erste Fälle von Vogelgrippe bekannt geworden. Gott sei Dank haben wir das früh genug erfahren. Die Regionen sind zu Schutzzonen erklärt worden. Dort müssen alle Geflügelarten vernichtet werden.

Wenn das Virus sich weiter ausbreitet, geht es uns wie den Deutschen. Schluss mit Chicken, Ende mit Schweinereien und Finito mit Rindviechern, wenn Sie wissen, was ich meine.«

Der Innenminister hielt kurz inne, äußerlich begann er bereits zu kochen. Man bemerkte das an seinen Augenbrauen, die sich immer mehr in Richtung Stirn bewegten. Außerdem hatte sein Gesicht ein gefährliches Bluthochdruckrot angenommen.

Zuppa nahm wieder Fahrt auf: »Wie mir mein Kollege aus Deutschland, Innenminister Hasselkuss heute morgen mitteilte, brodelt es in der Bevölkerung. Man erwägt den Fleischverzehr einzuschränken. Es sollen bereits erste Supermarktketten geplündert worden sein.

Außerdem ist sämtliche Tiefkühlkost so gut wie ausverkauft. Auf einigen Bauernhöfen hat man wohl noch lebende Tiere in Kellern versteckt. Die einzigen, die frohlocken, sind die Vegetarier, von den Tierschützern und Veganern ganz zu schweigen. Und was ich Ihnen jetzt sage, gebietet absolute Diskretion. Hinter dem ganzen Teufelswerk steckten – und jetzt halten Sie sich fest – Maria Carne und ihre Bande. Sie wollen Koslewski fertig machen. Seine Schlachtereien sind jetzt schon fast am Ende. Es rumort und zwar nicht nur bei den Ausbeinern. Der deutsche Geheimdienst hat uns informiert, dass Koslewski zum Gegenschlag ausholen will. Und die ersten Anzeichen, dass der Fleischkrieg jetzt auch uns treffen kann, sehen wir ja in Südtirol. Es herrscht Alarmstufe ROT!!«

Ja, das waren ja schöne Aussichten. Und das alles ausgerechnet jetzt, wo wir kurz davor waren, Licht in die merkwürdigen Geschehnisse auf der Geisterinsel Poveglia zu bringen. Aber noch war es ja nicht ganz dunkel.

Stupido und der Innenminister besprachen das zukünftige Vorgehen. Um den Fleischskandal sollten sich in erster Linie die Leute vom SISMI kümmern, während unser Kommissariat in und um Venedig herum ermitteln sollte. Irgendwie hatte ich das Gefühl, dass hier in Venedig die Wurzel allen Übels lag.

Wie am Tag zuvor geplant, suchten Francesca und ich am Mittag das Staatsarchiv am Campo dei Frari auf. Am Eingang hing ein leicht verwittertes Schild mit der Aufschrift: »Cave carnem et iactae sunt«. Wahrscheinlich ein Scherz von venezianischen Witzbolden, die in der lateinischen Sprache nicht so ganz firm waren.

Nachdem wir die abgegriffene Klinke an der Tür des 1815 eröffneten Archivs heruntergedrückt und wir das Innerste des Gebäudes betreten hatten, stockte uns fast der Atem. Es kam uns eine Staubwolke entgegen.

Der Pförtner, der aussah, als sei er auch schon seit 1815 vor Ort, begrüßte uns unfreundlich und führte Francesca und mich, nachdem wir uns legitimiert hatten, zu seinem Chef Salvatore Antico-Polvere.

»Ah, die Polizei höchstpersönlich. Ich grüße sie.«

Lustvoll musterte er meine Kollegin von oben bis unten und zog sie mit seinen Blicken fast aus. Francesca bemerkte das natürlich sofort und ging in die Offensive, indem sie Antico-Polvere ständig auf den Schritt blickte.

»Ist ja wirklich alles sehr alt hier«, sagte sie und deutete mit dem Kopf zur Unterstützung ihres Blickes auf die knallbunte Hose des Direktors. Der

Mann sah tatsächlich wie ein Zirkusdirektor aus und nicht wie ein Archivar.

Aber die Worte und Gesten meiner Kollegin hatten ihre Wirkung nicht verfehlt. Aus dem eben noch freundlich aussehenden Mann war plötzlich ein reserviert wirkender Gesprächspartner geworden. Jetzt waren wir auf Augenhöhe.

Antico-Polvere entpuppte sich danach als ein kompetenter Gesprächspartner. Man konnte seinen Worten entnehmen, dass er mit Leib und Seele Archivar war. Bereitwillig führte er uns in die Räumlichkeiten, die die Zivilbevölkerung sonst nie zu Gesicht bekam. Hinter einem Bücherregal verbarg sich eine dicke Holztür.

Als er sie öffnete, befand sich dort eine Art Geheimgang. Unzählige Treppen führten in einen weiteren Raum, der sich unterhalb des großen Lesesaales des Archivs befand.

Die Bücher in den Regalen an den Wänden beinhalteten die ganze Geschichte des venezianischen Reiches.

Und »ganze« bedeutete so viel wie alles. Auch, was nichts in der Öffentlichkeit zu suchen hatte. An einer Regalwand von ungefähr acht Metern Länge befand sich ausschließlich Material über die Insel Poveglia. Bingo!! Hier waren wir richtig.

Als wir den Archivleiter nach unterirdischen Gängen befragten, die noch nicht entdeckt, aber hier verzeichnet worden waren, lachte er laut.

»Gänge?«, fragte er glucksend, »ganze Straßenzüge kann ich Ihnen bieten. Kommen Sie, fangen wir doch gleich hier unten an.«

Nach weiteren Stufen, die uns hinunterführten, standen wir vor einer kalkweißen Mauer. Die Farbe schien noch ziemlich frisch zu sein. Der Leiter des Staatsarchivs zog einen Stein aus der Wand und schon öffnete sich ein kleiner Mauervorsprung. Wir zwängten uns in einen engen Raum. An den Wänden waren Zeichnungen von Gängen angebracht. Überall, so schien es, gab es unterhalb Venedigs verborgene Straßen. Höchst interessant.

Antico-Polvere erklärte uns zunächst, wie man die Pläne lesen konnte. Nach einer Einführung, die über drei Stunden dauerte, wussten wir Bescheid. Und das Tollste an der Sache war, dass es wohl vor zig Jahren eine unterirdische Verbindung vom Lido di Venezia zur Geisterinsel Poveglia gegeben hatte. Das roch nach viel Spurensuche. Aber nun waren auch wir vom Archivgeist übermannt und überfraut worden. Nachdenklich verließen wir am späten Nachmittag das Staatsarchiv.

Motta, Katapultini und eine Hundertschaft Polizisten, die eigens für diesen Einsatz aus Palermo angereist waren, begaben sich am nächsten Morgen auf den Weg zur Insel Poveglia. Stupido bat Francesca und mich, die beiden zu begleiten, denn schließlich wusste ich auch über die unterirdische Fabrik Bescheid.

Mit drei großen Schlauchbooten machten wir uns um neun Uhr auf den Weg. Wir legten mit den Booten dort an, wo Motta bei unserem letzten Besuch das Schiff versteckt hatte. Den kurzen Weg zur großen Halle legten wir dann zu Fuß zurück. Katapultini schlich sich zunächst alleine an das Gebäude heran. Er gab uns ein Zeichen, als feststand, dass niemand in der Nähe war. Wir wollten uns zunächst mit zehn Leuten auf den Weg in die Unterwelt Poveglias begeben. Ich stutzte als ich sah, dass sich der Förderkorb nicht unten befand. Das hieß, dass zuletzt Leute von unten nach oben gefahren sein mussten. Also war Vorsicht geboten.

Wir schauten uns in der riesigen Halle um, doch konnten wir nichts Verdächtiges entdecken. Nachdem wir unten angekommen waren und sich die Fahrstuhltür geöffnet hatte, klang wieder der Hinweis aus dem Lautsprecher: »Achtung, Sie betreten nun den Hygieneschutzsektor. Bitte begeben sie sich zunächst in den Desinfektionsbereich. Danke!«

Diesmal mussten wir die Räume unbedingt inspizieren. Ich wollte den roten Buzzer drücken, doch das war nicht nötig. Die Tür stand leicht angewinkelt und war nicht verschlossen.

Vorsichtig begaben wir uns in eine Art Vorraum. Dort waren Desinfektionsanlagen installiert, die ich schon einmal im Fernsehen gesehen hatte. In einem Bericht über die Schlachthöfe des Landes, der vor gut drei Wochen auf dem Kulturkanal von RAI lief.

Was zum Teufel ging hier vor?

Nachdem wir uns vergewissert hatten, dass sich niemand in dem Raum aufhielt, bewegten wir uns vorsichtig weiter. Hinter den vielen Duschen und Schläuchen befand sich eine weitere Tür.

Und tatsächlich, auch diese Tür war unverschlossen. Als wir sie öffneten, blickten wir in einen ziemlich großen Saal.

»Heiliger Sepp«, sagte Motta, »das ist ja ein komplett eingerichteter Geflügelschlachthof.«

In der Tat. Alles, was man zum Schlachten von Hühnern brauchte, befand sich hier in der Unterwelt von Poveglia. Entfederungsanlagen, Rupfmaschinen, Schlachttrichterrondelle, Brühkessel, Kopfschredder, kurzum, alles was ein Schlachter braucht, um glücklich zu werden. Was letztendlich fehlte, war das Personal, das in dieser Anlage arbeitete. Ausgeflogen, im wahrsten Sinne des Wortes. Die Gauner waren verschwunden. Was man jedoch noch sehen konnte, waren zwei Container, die mit Federn gefüllt waren. Und zwar mit Taubenfedern, wie man als alter Venezianer unschwer erkennen konnte. Was ging hier unten vor sich?

Motta erwies sich als kluger Mensch und holte zu einem längeren Referat aus: »Also, liebe Kollegen. Ich behaupte jetzt mal dreist, dass hier unten geschlachtet wird. Aber keine Hühner, Enten, Puten oder Gänse. Nein!! Hier geht es um Tauben.«

Er zog sein Smartphone aus der Tasche und drückte auf eine App.

»Ah ja!«, frohlockte er, »Columba – Taube. Wisst ihr was?«, fragte er.

»Na klar, du Blödmann, hier werden Tauben geschlachtet. Und jetzt stecke dein Handy wieder ein, wir haben Besseres zu tun als Tierarten auf Latein zu raten«, antwortete Katapultini barsch.

Motta schmollte mal wieder und verstaute sein Mobilgerät in der Hosentasche. Dabei fiel ihm ein voll geschnäuztes Stofftaschentuch auf den Boden. Das machte keinen guten Eindruck.

Egal, wir mussten weiterkommen. Die Hundertschaft durchkämmte den gesamten Komplex. Doch außer ein paar toten Tieren, die allesamt kopflos in einem Metallbehälter mit der Aufschrift »B-Ware« lagen, war hier unten niemand mehr. Aber wie zum Teufel waren die Tauben hierher gekommen? Das sollten wir am nächsten Tag erfahren. In der Unterwelt Venedigs.

Francesca und ich machten uns zurück auf den Weg zum Lido di Venezia. Genau genommen begaben wir uns auf den Weg zur Via Anita Mezzalira. Beim Sportplatz stellte ich unseren Dienstpanda ab. Einige Anwohner bestaunten uns misstrauisch und schlichen um das Fahrzeug herum.

Ein jüngerer Mann sah aus, als sei er von der Geisterinsel geflohen. Seine langen weißen Haare standen ihm zu Berge und er streckte mir die Zunge raus. Irgendwoher kannte ich diesen Anblick. Ich stolperte über einen Stein. Jetzt war mir klar, warum mir das Gesicht bekannt vorkam. Alles relativ einfach.

Francesca blickte mich von der Seite an und fragte: »Nix für ungut, Lorenzo, aber hast du gestern Abend zu viel getrunken? Du siehst etwas mitgenommen aus.«

»Ach, Francesca, wenn ich nur mal gesoffen hätte. Der ganze Fall macht mich ganz schön fertig. Aber das wird sich schon wieder geben. Lass uns jetzt mal in die Umkleide vom Sportplatz gehen. Wenn die Pläne von Antico-Polvere stimmen, muss sich direkt unter den Sanitätsräumen der Eingang zu einem Tunnel befinden. Und laut Plan ist dieser Tunnel verdammt lang.«

Als ich an der Wohnungstür des Platzwarts geklingelt hatte, erschien dieser kurz darauf und bat uns in seine Wohnung, nachdem wir uns legitimiert hatten. Zunächst befragten wir ihn, ob er denn von der Existenz eines unterirdischen Tunnels wisse. Er druckste etwas herum, vermied den Augenkontakt und behauptete, nichts davon zu wissen.

Ich glaubte dem Mann kein Wort. Aber das war zunächst einmal Wurst. Und damit waren wir bei unserem Thema. Bereitwillig schloss uns der Mann die Tür zur Umkleide auf. Wir gingen direkt auf den Männerduschraum zu. Alles andere als klinisch rein. Es sah aus, als wären hier vor gar nicht mal so langer Zeit viele Menschen durch den Raum gegangen. Jedoch nicht zum Duschen. Vielmehr waren die Kacheln mit Matsch und kleinen Steinchen übersät.

»Ist das normal?«, fragte ich den Platzwart, der nur mit den Schultern zuckte.

»Ich weiß auch nicht, warum das hier so aussieht. Seitdem auf dem Platz nicht mehr gespielt wird, schaue ich nur noch alle Jubeljahre hier vorbei. Bislang ist mir nichts Verdächtiges aufgefallen.«

Francesca rief mich plötzlich auf die andere Seite der Sanitäranlage, wo sich die Frauenkabinen befanden. Sie stand direkt vor einer abgetrennten Duschkabine und blickte auf den Boden.

»Achtung, Lorenzo, hier solltest du lieber kein Bad nehmen.«

Die Duschtasse war entfernt worden und eine Eisenleiter führt in die Tiefe unter den Raum. Vorsichtig stiegen wir die Sprossen hinunter. Der Platzwart war urplötzlich verschwunden. Darum konnten wir uns jetzt jedoch nicht kümmern. Nach einem kurzen Abstieg standen wir in einem großen Gewölbe, durch das ein großes Rohr von der einen zur anderen Seite führte. Das Rohr schien hinter der Wand zu verschwinden, doch wir stellten fest, dass sich hinter der linken und der rechten Wand noch weitere Räume befanden.

Ich hatte eine Taschenlampe dabei und schaute mir noch einmal die Pläne vom Staatsarchiv an. Tatsächlich. Hier waren unterirdische Gänge verzeichnet. Von einer Rohrleitung war jedoch auf den Zeichnungen nichts zu sehen. Das Rohr war nicht sehr dick. Es hatte einen Durchmesser von vielleicht 12 bis 15 Zentimetern. Also ähnlich, wie man es von einem Wasserrohr her kennt. Als wir uns der rechten Tür näherten, vernahmen wir Geräusche, die sich wie ein dumpfes Plopp anhörten. Ein ständiges Rauschen drang aus dem Rohr an unsere Ohren.

Je mehr ich mich der Rohrleitung näherte, desto klarer wurde mir, was es mit dieser Verbindung auf sich hatte.

Es war eine Art Rohrpost, die Venedig mit dem Lido und den Lido mit Poveglia zu verbinden schien. Aber was um alles in der Welt wurde hier transportiert?

Rohrpost kannte ich nur noch aus Erzählungen meines Großvaters aus dem Zweiten Weltkrieg. Das machte Sinn. Vielleicht wurden ja während des Krieges wichtige Unterlagen aus Venedig auf die Insel per Rohrpost verbracht. Aber dass das Ding heute noch in Betrieb war, machte mich schon mehr als stutzig.

Meine Kollegin hatte sich bis zur Eisentür durchgekämpft und musste schon den Kopf einziehen, um nicht an die Decke zu stoßen. Die Tür war nicht verschlossen. Francesca stieß das angerostete Tor mit dem Fuß an und betrat den stinkenden Raum. Was wir nun zu sehen bekamen, hatten wir noch nie gesehen. Aber als wir das sahen, hatten wir es ja gesehen. So gesehen, alles gut.

In der Mitte des Raums stand ein riesiger Kessel aus Edelstahl. Am rechten Rand des Behälters endete eine der Rohrleitungen, auf der linken Seite begrenzte eine Wand den Kesselrand. Als ich einen Blick in den Eisenkübel geworfen hatte, war mir klar, dass es sich hierbei um ein ausgetüfteltes System handeln musste. Am Boden des Bottichs befanden sich mehrere skelettierte Tiere. Und ich wusste, um welche Tiere es sich handelte. Tauben. Ja, hier wurden Tauben hingerichtet.

Francesca schaute mich kurz an, nickte und drückte auf einen kleinen Knopf, der neben dem Rohrende über dem Kessel aus der Wand ragte. Dadurch wurde die Rohrpostanlage offenbar in Bewegung gesetzt. Jetzt hieß es nur noch zu warten, was passieren würde. Nach gut einer Minute spürte man einen Luftzug, der aus der Leitung in unsere Richtung geblasen wurde. Und dann …

Flapp, flapp, flapp. Im Abstand von exakt 30 Sekunden kamen aus dieser Leitung Tauben herausgeschossen. Mit dem Kopf voran knallten sie gegen die Metallwand und fielen anschließend tot in den Kessel. Ob das mal den Tierschutzgesetzen entsprach, wagte ich zu bezweifeln.

»Prima Idee, das spart Strom«, sagte ich.

Francesca fand den Scherz gar nicht lustig und wandte sich angewidert ab. Sie drückte auf den Knopf und man konnte hören, wie die Luft, die aus der Röhre presste, weniger wurde. Als es fast ganz ruhig war, ploppte noch eine Taube aus dem Rohr, und fiel direkt in den Kessel Buntes, ohne mit dem Kopf an die Wand zu knallen.

»Glück gehabt«, bemerkte ich, griff das verängstigte Tier und stellte es auf die Beine. Etwas benommen, taumelte die Taube tendenziös im Takt der Musik des Hits der Tubes »White punks on dope« durch den Raum. Es sah wirklich sehr bizarr aus. Doch wir waren ja hier nicht bei »Verstehen Sie Spaß«, wir befanden uns vielmehr in einem aufregenden Fall.

Woher kamen diese Tauben und warum wurden sie hier auf so grausame Art und Weise getötet? Wir hatten mit allem gerechnet, aber dass es eine Verbindung zwischen Venedig und dem Lido in Form einer Rohrpostanlage gab, verwunderte uns doch sehr. Und noch merkwürdiger war, dass die Rohrkonstruktion von hier weiterging. Ich war mir ziemlich sicher, dass die Post in Form von den getöteten Tauben bis nach Poveglia weitergeleitet würde.

»Komm, Francesca«, sagte ich zu meiner Kollegin, »hier soll die Spurensicherung weitermachen. Ich denke, dass wir uns noch einmal mit allen Mitarbeitern zusammensetzen sollten.«

Was wir auch am nächsten Tag taten.

»So, Leute«, schloss Stupido die Lagebesprechung, »jetzt geht es ans Eingemachte. Motta, Katapultini und ich werden ab sofort im Kommissariat weiter ermitteln. Lorenzo, Sie und Francesca werden am Nachmittag noch einmal in die Schlachterei in den Tiefen von Poveglia steigen. Ich denke, dass die Tauben über diese Rohrpost von Venedig zur vorgelagerten Insel zugestellt werden. Obwohl es ja keine Brieftauben sind, wenn Sie verstehen, was ich meine.«

Unser Chef sah sehr müde aus. Er ging noch einmal in die Küche und kam danach mit einer geröteten Nase zurück. Aus seiner Hosentasche lugte die Spitze eines Strohhalms hervor. Ich verspürte plötzlich Lust auf eine Coca-Cola. Irgendwie tat mir mein Chef leid. Aber es war keine Zeit für Sentimentalitäten von Fisimatenten ganz zu schweigen. Wir waren kurz vor der Aufklärung des Falles. Mein fünftausendvierhundertdreiundzwanzigster. Und es war einer meiner kompliziertesten.

Am frühen Morgen klingelte es an meiner Wohnungstür.

»Verdammt noch einmal«, fluchte ich, »warum habe ich den Scheißwecker nicht gehört?«

Aber egal. Ich sprang aus dem Bett und öffnete, nur mit meinem »Hello-Kitty-Boxer-Short« bekleidet, die Eingangspforte. Um Gottes willen, dachte ich, als ich sah, dass Francesca vor mir stand und sich ein Grinsen nicht verkneifen konnte.

»Hallo Ken«, sagte sie, »ich bin es, Barbie. Ich wollte Dich zum Shoppen abholen. Oh, mein Beschützer, lass uns mit dem Barbiemobil in die Stadt fahren.«

»Haha, sehr witzig, komm rein«, sagte ich und brühte uns erst einmal einen Espresso auf.

Nach einer Tasse guten Kaffees sah die Welt schon wieder besser aus.

Nachdem ich mich frisch gemacht hatte, zog ich mich an, nicht ohne meinen Dienstrevolver umgeschnallt zu haben.

»So, liebe Francesca«, säuselte ich, »dann ab ins rosarote Spielmobil. Die Gangster sollen uns kennenlernen.«

Wir fuhren mit einem kleinen gemieteten Motorboot rüber nach Poveglia. Schönes Wetter und die Sonne lugte schon hinter einer Wolke hervor. Nach einer schnellen Überfahrt legten wir am Hauptanleger an. Es erschien ziemlich sicher, dass die Bande nicht mehr auf der Insel war. Also achteten wir nicht sonderlich darauf, unbemerkt zu bleiben.

Wenn hier noch jemand auf der Insel herumlief, waren das Tagestouristen, die sich über das »Betreten verboten« hinwegsetzten, um einige Bilder von Lost Places für ihre Social-Media-Seiten zu schießen.

Weit und breit war aber niemand zu sehen, sodass wir unbehelligt in Richtung der großen Fabrikhalle gehen konnten. Zielgerichtet steuerten wir den Förderkorb an, der uns auch schnell unter Tage brachte. Wir waren ziemlich sicher, dass die Rohrpostleitung vom Lido hier unten irgendwo enden würde. Wir schauten uns noch einmal in den Schlachtanlagen um. Vor einem Kopfrupfautomaten war ein relativ weißer Fleck an einer Wand sichtbar. Hier musste

vor Kurzem ein Loch gewesen sein, das man not-
dürftig verschlossen hatte. Ich nahm eine Eisenstan-
ge, die in der Ecke lag, und stemmte die frisch ver-
putzte Wand auf. Was nun zum Vorschein kam, er-
staunte uns nicht wirklich.

»Och, ein Loch«, sagte ich und Francesca erwiderte: »Sag es doch!«

Ja, es war die Endstation der Rohrpostleitung.

»Hier sind also die Bordsteintauben aus Venedig
auf ihrer letzten Reise angekommen. Frisch aus dem
Rohr in die Rupfmaschine. Man könnte meinen, wir
sind in einem Kriminalfall, Francesca.«

»Commissario Brusketta, ich bin stolz auf Sie«,
lachte Frau Fraportini-Langenfeld. »Jetzt müssen wir
nur noch wissen, was mit den Tauben weiter geschehen ist? Wir sind schon auf der richtigen Spur. Ich
denke, dass sowohl die Tauben wie auch die Taubenfedern über die Container auf die Schiffe verfrachtet
wurden. Aber was passiert damit?«

So langsam kam Licht ins Dunkel. Und da ging
das Licht auch schon aus. Die Hallenlampen flacker-
ten noch einmal kurz, dann wurde es stockfinster.
Ich spürte, wie sich Francesca an mich schmiegte.
Wie zufällig streifte ihre linken Hand meinen rechten
Seitenscheitel. Dann ging alles ganz schnell. Das
Licht ging wieder an und vor uns standen drei Männer, die nicht so aussahen, als wollten sie mit uns die
heilige Messe aufsuchen. Und was mir überhaupt
nicht gefiel, diese Menschen hatten alle das Aussehen
von Kleiderschränken. Aber nicht von Ikea, das war
schon eher Eiche massiv. Einer der drei fuchtelte mit
seiner Waffe vor meinem Gesicht herum und brüllte

uns an: »Das könnte euch wohl so passen, ihr macht uns das Geschäft nicht kaputt. Wir werden jetzt einen kleinen Ausflug machen. Vorwärts und nicht vergessen, noch haben wir hier das Sagen.«

Als alter Proletarier konterte ich mit der dritten Strophe:

»Schwarzer, Weißer, Brauner, Gelber!

Endet ihre Schlächterei!

Reden erst die Völker selber ...«

Die drei von der Tankstelle schienen mich für bekloppt zu halten. Einer war jedoch des sozialistischen Liedguts firm und summte mit.

»Halt die Fresse, Paco!«, brüllte ihn sein Kollege an.

Der Obergorilla schaute zu uns herüber und drängte Francesca und mich zum Ausgang. Als wir wieder an der Oberfläche angekommen waren und die Halle durchquerten, sahen wir, dass die Gangster einige unschuldige Geisterjäger gefesselt in der Ecke abgelegt hatten.

»Saubere Arbeit«, sagte ich und erboste den Anführer immer mehr.

»Noch ein Ton und du wirst heute kein Abendbrot mehr essen«, schnauzte er mich an, »los jetzt, ab zum Anleger!«

Als wir ein paar Schritte gegangen waren, wusste ich, was der Gorilla meinte. Wir steuerten stracks auf den Hafenanleger zu, an dem ich bei meinem ersten Ausflug zur Insel Poveglia mit dem Unterwasserboot aufgetaucht war. Und tatsächlich, die drei finsteren Burschen stießen uns unsanft in das bereits bereit stehende Boot. Es ging also weg von dieser verwunschenen Insel. Zurück nach Venedig. Dachte ich zumindest. Aber wie so oft im Leben, ist das Denken manchmal lediglich Wunschdenken.

Normalerweise dauerte die Überfahrt gerade mal ein paar Minuten. Ich hatte es ja bei meinem ersten Trip auf die Insel selbst erlebt. So wurde ich stutzig, dass wir nach zehn Minuten immer noch unterwegs waren.

Ich keifte einen der Gauner an: »Ey, Hackfresse, die Richtung ist falsch. Wir müssten eigentlich schon dort sein. Habt ihr euch etwa verfahren? So blöd wie ihr ausseht, traue ich euch das zu.«

Einer der drei Männer fühlte sich wohl angesprochen und versetzte mir einen Tritt in den Hintern.

»Halt bloß deine vorlaute Fratze, Bruschetta. Wir bestimmen, wohin die Reise geht. Und für euch haben wir leider nur die Hinfahrt gebucht. Du solltest dich schon so langsam mit deinem Abgang geistig auseinandersetzen«, sagte der stabile Hüne.

»Bruschetta?«, dachte ich, »das ist doch mein ganz spezieller Freund.«

Der Typ, der mich immer am Telefon belästigt hatte. Jetzt stand er leibhaftig vor mir. Mit dem Kerl war nicht gut Kirschen essen, von Pommes mit Soße ganz zu schweigen. Ich musste unbedingt erfahren, wohin uns die Verbrecher verfrachten wollten.

»Sag mal, Sackgesicht, bist du sicher, dass wir nach Luxemburg kommen?«, fragte ich frech.

»Luxemburg, du Scherzkeks? Seit wann hat Luxemburg einen Zugang zum Mittelmeer?«, erwiderte der Kleiderschrank. »Ihr werdet früh genug erfahren, wo wir anlegen. Falls du deiner hübschen Kollegin noch etwas sagen willst, tu das lieber jetzt, bevor es zu spät ist. Wir werden in einer halben Stunde an unserem Zielort eintreffen. Also los, Bruschetta.«

Ich blickte in fragend an.

Er schwieg, ich schwieg, Francesca schwieg schon die ganze Zeit. Hätten wir Lämmer an Bord gehabt, hätten auch die geschwiegen. Ja, verdammt noch einmal, warum schwieg meine Kollegin? Ich schaute die junge Kommissarin an und hob die Schultern.

»Nun, Francesca, was denkst du?«, fragte ich sie schließlich.

Sie schaute mich mit ihren wunderschönen Augen an. Ich sah, dass eine Träne über ihren Rücken lief. Sie schielte etwas. Als mein Ansprechpartner einige Schritte von mir entfernt war, bemerkte ich, wie Francesca näher an mich heranrückte.

Sie flüsterte in mein rechtes Ohr: »Stufe zwölf!«

Das war ein geheimes Zeichen, das wir benutzen, wenn es zum Angriff gehen soll. Ich näherte mich ihren Lippen und hielt meinen Gehörgang fast in ihr Gesicht.

»Sobald wir anlegen, Attacke siebenundachtzig anwenden. Aber erst, wenn wir an Land sind. Hast Du verstanden?«, fragte sie mich.

»Wenn ich wüsste, wie Attacke siebenundachtzig funktioniert, ja!«, zischte ich leise.

»Kleiner Hammergriff, Lorenzo«, erwiderte sie leise.

Alles klar, ich wusste, dass es in Kürze weh tun würde. Denn der kleine Hammergriff ging ans Eingemachte, ans Gemächt, an die Männlichkeit, um es vulgär auszudrücken, es ging den Gaunern an die Sä-

cke, an die Eier, an die Klöten, an die Glocken, an
die Kugeln, an die Ping-Pong-Bälle, um es medizi-
nisch auszudrücken an das Skrotum, den Hodensack,
die zweigeteilte Hauttasche, in denen sich je ein Tes-
tikel mit einer Temperatur von ca. 34 – 35 Grad Celsius befindet. Diese Attacke hatten wir zig Mal in der
Polizeischule geübt.

Ich kniff meiner Kollegin das linke Auge zu und
rutschte wieder in meine ursprüngliche Position. Die
Ganoven hatten uns zwar die Hände mit billigen
Handschellen gefesselt, aber durch eine spezielle
Technik, die ich leider nicht verraten darf, würde es
sowohl Francesca als auch mir ein Klacks sein, die
Handfesseln im Nu zu lösen. Jetzt warteten wir nur
noch darauf, dass das Boot wieder anlegen würde.
Und keine acht Minuten später ging es in einen Hafen. Ich war gespannt, wohin uns die Verbrecher
bringen würden.

Recht unsanft legte der Kahn an.

Der Anführer der Bande gestikulierte wie wild
mit den Händen und rief: »Los, Bullenpack, steht
auf, es geht jetzt zur letzten Ruhestätte.«

Francesca erhob sich zuerst. Sie hatte die Hände
hinter dem Rücken verschränkt. Danach stand auch
ich auf. Die drei Männer trieben uns zum Ausstieg.

Anschließend waren wir wieder an Land. Ich
blickte mich um, um vielleicht einen Hinweis zu er-
haschen, wohin es uns verschlagen hatte. Eins war sicher, es war nicht Venedig. Aber es war sicherlich
auch keine Kleinstadt, an der wir anlegten. Direkt
neben unserem Schiff befanden sich mehrere Segel-
boote.

An einer Kaimauer konnte man in verblichenen Buchstaben den Namen »Marina di Rimini« erkennen. Es dämmerte zwar schon, aber im Hintergrund erkannte ich auch die ersten Hotels, die sich in der Nähe des Hafens befanden.

Da war das Sterne-Hotel »Corinna«, da war die Fischbude »Zum dicken Fisch«, die Hafenkneipe »Lale Enderson«, Taxistände, die Hafenmeisterei und Menschen. Zu viele Menschen für die Ganoven.

Ich blickte Francesca an und schüttelte verneinend, wie immer das auch gehen mag, mit dem Kopf. Sie schien jedoch auch verstanden zu haben, dass wir uns erst einmal passiv verhalten sollten. Hier drohte uns noch kein Unheil.

Nach einem kurzen Spaziergang standen wir schließlich vor einem Rolls-Royce mit Winterreifen, ungewöhnlich für Rimini. Als ich auf die Windschutzscheibe blickte, war mir klar, dass der Wagen eine längere Reise hinter sich gebracht haben musste. Auf der rechten Scheibenseite klebten Maut-Vignetten aus Österreich und aus der Schweiz. Und was mich sicher machte, dass dieses Auto aus Deutschland kommen musste, war die Tatsache, dass auf der hinteren Ablage eine Toilettenpapierrolle in einer gehäkelten Ummantelung stand. Ich hatte eine Vermutung, die sich jedoch erst einmal nicht bestätigte.

»Los, Puppe, einsteigen!«, brüllte einer der Gangster meine Kollegin an, »und du auch, Bruschetta. Keine Tricks, sonst gibt es Ärger.«

»Ich wollte schon immer mal mit einem Fiat-Panda fahren«, versuchte ich einen Scherz anzubringen.- Der breitschultrige Anführer, der von seinem dummen Mittäter mit Franco angesprochen wurde, versetzte mir einen Stoß in den Rücken.

»Noch ein Wort, Bruschetta, dann fährst Du zum Teufel«, sagte er erbost.

»Ein Wort«, erwiderte ich, »also, wo wohnt der Teufel?«

Francesca blickte mich ängstlich an, doch ich machte auf Macho und sagte zu ihr: »Schau mir in die Augen, Kleines.«

»Den Film habe ich auch gesehen«, ereiferte sich der offensichtlich dümmste der Verbrecher, »da hat doch Manfred Bongart die Hauptrolle gespielt. Ich fand ja den Klavierspieler so toll, war das nicht André Rieu?«

»Du bist selten dämlich, Charlie, Rieu spielt doch Trompete, du Arschgeige! Jetzt halt Deine Klappe und steig ein«, fauchte Franco den, wenn es hoch kommt, Viertelhirnigen an.

Der Chef der drei Schurken war etwas ungehalten.

Als wir in dem Luxusauto Platz genommen hatten, verdunkelte der Fahrer die Seitenfenster, sodass wir nur einen Blick durch die Windschutzscheibe nach vorne hatten. Ich versuchte herauszufinden, wohin die Reise ging. Nach einer knappen halben Stunde war die Fahrt auch schon zu Ende.

Ich konnte nur schemenhaft erkennen, dass wir die letzten Kilometer einen hohen Berg heraufgefahren waren. Der Wagen hielt vor einer Art Festung. Und diese Festung kennt nahezu jeder

Italiener aus dem Geschichtsbuch, ausnahmsweise mal nicht aus dem Gesichtsbuch.

Wir standen vor der Burg Guaita von San Marino. Alle italienischen Schüler werden mit dem Spruch »333 bei San Marino Keilerei« gehänselt, wenn Sie nicht wissen, dass es in San Marino mehr als nur Briefmarken mit schönen Motiven zu sehen gibt. Seit Kurzem kann man neben gezackten und mit Leim versehenen Papierfetzen auch die passenden Briefkästen finden. Zumindest in Firmenform.

Immer mehr ehrliche Steuerzahler hatten in den Monaten nach der Bankenpleite hier Briefkastenfirmen errichten lassen.

»Sie haben Post«, drang es aus dem auf laut gestellten Lautsprecher des minderbegabten Gangsters.

»Ja los, geh schon zum Briefkasten«, feuerte ich den Irren an.

»Bruschetta, jetzt reicht es«, sagte der Obergorilla und verpasste mir einen Uppercut. Das war nicht schön. Meine Kollegin hatte sich auf dem Rücksitz zusammengekauert und musste sich nun wieder auseinanderkauern, weil wir das Fahrzeug verlassen mussten.

Ich hatte die Handfesseln bereits soweit vorbereitet, dass es recht schnell gehen würde und die Hände wieder frei wären. Auch Francesca schien alles im Griff zu haben. Wir wollten jedoch eine günstige Gelegenheit abwarten, um die Entfesselung vorzunehmen.

»Wir werden jetzt einen kleinen Fußmarsch unternehmen«, sagte der Typ, der bislang geschwiegen hatte.

Ich setzte weiter auf Provokation: »Ja fein, Stinkfisch, fein gemacht. Wohin geht es denn?«

Gut, dass Franco schon etwas weiter vorausgegangen war.

Erst überlegte ich, ob ich zum Angriff blasen sollte. Auch Francesca schien den gleichen Gedanken gehabt zu haben. Wir schauten uns kurz an. Ich schüttelte leicht mit dem Kopf. Sie wusste Bescheid.

Obwohl Francesca und ich erst seit knapp einem Jahr zusammenarbeiteten, wussten wir sehr genau, was zu tun war. Meine Kollegin glaubte an die Konstellation der Sterne.

Schließlich war Francesca Wassermann mit Aszendent Zwilling, während ich als Zwilling den Wassermann als Aszendenten hatte. Aber das war eigentlich egal, denn ein Stier mit Aszendent Fisch ist genauso schlimm wie ein Löwe mit Aszendent Jungfrau oder aber ein Astrologe mit Sternzeichen Skorpion, der die Scorpions gar nicht mag, dafür seine Frau, die als Waage durchs Leben zieht und auf dem Markt die Kunden mit falschen Gewichten betuppt.

Ich könnte die Reihe noch weiter fortsetzen, aber die Sterne waren mir im Moment so ziemlich schnuppe. Vielmehr wollte ich wissen, was uns hier oben in San Marino erwarten würde.

Wir stiefelten schnurstracks auf den Wehrturm Cesta zu. In diesem Turm befindet sich das Museum für alte Waffen. Offensichtlich war es für die Öffentlichkeit seit einigen Monaten nicht mehr zugänglich.

Franco, Charlie und der Schweigsame standen mit uns vor der verschlossenen Eichentür. An dieser Tür war ein sogenannter Anklopfer aus massivem Eisen angebracht. Er hatte die Form eines Eishörnchens, es könnte aber auch die Form eines Eichhörnchens gewesen sein.

»Los, Charlie«, zischte Franco seinen minderbegabten Mitstreiter an, »nimm den Klöppel und klopfe an.«

»Wohnt denn hier der Klöppel?«, fragte der Mann, »der Peter Klöppel von RTL aus Deutschland, der mit der Groben, der von der Groben oder so ähnlich und mit dem Wetterfrosch, der immer häckelt, der Häckel?«

Ich sah, wie sich die Augen von Franco in seinen Augenhöhlen drehten und drehten und drehten. Er taumelte plötzlich und konnte sich nur mit Mühe an dem Mauervorsprung abstützen.

»Du bringst mich noch um den Verstand, den du wahrlich nicht mehr hast, Schwachkopf.«

Er gab dem Ganoven einen Tritt in den Hintern, worauf dieser den Anklopfer vor Schreck losließ und es automatisch klopfte. Danach nahm Franco den Klöppel selbst in die Hand und klopfte wie wild an das Eichentor. Ich kam mir vor, wie im Klöppelkurs für Anfänger.

Nach einer Minute hörte man eine Stimme aus dem Lautsprecher der Gegensprechanlage.

»Wer wird Italienischer Meister?«, fragte die Stimme.

»Nur der US Lecce«, antworte der Anführer der drei Verbrecher.

Schon öffnete sich die Tür winkelförmig.

Ich überlegte nur kurz, da fiel mir ein, dass ja der Pfarrer, der seinerseits die erpresste Kohle an die

Verbrecher lieferte, einen Fanschal vom US Lecce tragen sollte. Was ja tragisch genug endete. Doch nun ging es erst einmal in die Waffenkammern von San Marino. Der Mann, der uns hinter der Tür erwartete, sah aus wie eine Mischung aus Marty Feldman und Margaret Thatcher. Also ziemlich abstrus.

»Hey, wir sind im Gruselkabinett des Dottore Cagliari gelandet«, stieß ich hervor, als ich die Folterinstrumente in einem der Räume sah, die wir nun durchquerten.

»Halt endlich die Schnauze, elender Bulle!«, raunzte mich Franco an. »Vorwärts, hier geht es weiter.«

Die Festung schien nicht nur von außen ziemlich groß zu sein. Hier unten, in den Katakomben konnte man sich schnell verlaufen, wenn man nicht ortskundig war.

Nach mehreren Metern durch verwinkelte Gänge standen wir schließlich vor einer Eisentür, die mit filigranen Verzierungen versehen war. Graffiti aus vergangenen Jahrhunderten sozusagen.

In der Wand an der linken Seite neben der massiven Metalltür war eine moderne Wechselsprechanlage eingebaut worden. Darunter befand sich ein eine Art Zahlenfeld und ein Enterknopf. Franco gab eine Zahlenkombination mit mehr als zwanzig Ziffern in den Nummernblock ein und drückte dann auf »Enter«.

Aus der Wechselsprechanlage krächzte eine blechern klingende Stimme: »Die von Ihnen eingegebene Zahlenkombination ist falsch, du Holzkopp!!«

Der Gauner verzog kurz sein Gesicht und schrie dann ganz laut: »So eine verfluchte und verfickte Hühnerkacke.«

Kurz darauf klang eine Stimme aus dem Lautsprecher und erwiderte: »Der von Ihnen eingesprochene Codesatz ist richtig, Ziegenficker. Bitte bestätigen Sie Ihre Identität mit Ihrer Kundennummer und dem nur Ihnen bekannten Pin-Code.«

Franco überlegte nicht lang, gab eine Zahlenkombination ein und kurze Zeit später öffnete sich die schwere Eisentür.

Hinter der Tür wurde ein langer Gang sichtbar, der offenbar noch tiefer in die Katakomben der Festung führte. Ich fühlte mich fast wie in Venedig.

»Fast wie in Venedig«, sagte Charlie, der geistig zurückgebliebene Schurke.

Franco rollte nur mit den Augen.

Nach weiteren Kilometern erreichten wir schließlich gegen Abend einen großen Saal. Hier herrschte absolute Finsternis. Aber nicht mehr lange, denn als wir uns bis an einen riesigen Tisch herangetastet hatten, erstrahlte der Raum plötzlich in hellem Licht. Der Raum war mit gut und gerne 200 Leuten gefüllt. Was ging hier ab? Das sollten wir gleich erfahren.

Aus Lautsprechern, die in allen Ecken des großen Raumes installiert waren, drang eine Art Fanfare an unsere Ohren.

Dann sagte eine Stimme, die dem ehemaligen Moderator der ZDF-Hitparade, Dieter Thomas Heck, ähnelte: »Es ist Samstagabend, es ist 20 Uhr, hier ist San Marino, hier ist Ihr Gastgeber. Begrüßen Sie den einmaligen, unvergleichbaren, sagenhaften, wunderschönen, frisch rasierten, gut geföhnten, glatt gegelten, kotelettierten, ohrenhaarfreien, gütigen, aber auch gefährlichen Kaiser der Fleischmafia, gesuchten Steuerhinterzieher und ebenso genialen wie unehrlichen König von Mallorca, Menorca, den Azoren und den Herrscher des Ruhrgebiets. Begrüßen Sie mit uns« den fantastischen Django Koslewski!«

Nach einem Trommelwirbel konzentrierten sich die Scheinwerfer auf einen großen Thron, der vor dem Eichentisch stand. Eine Öffnung im Fußboden tat sich auf und aus der Unterwelt wurde der gesuchte Verbrecher bis vor den Thron hydraulisch emporgehievt. Welch eine Inszenierung. In der Tat, eine gelungene Überraschung.

Ich hatte mit allem gerechnet, aber dass sich ausgerechnet hier unten in San Marino der Herrscher des deutschen Fleischmarktes befand, das war schon eine faustdicke Überraschung. Doch damit nicht genug.

Die Scheinwerfer schwenkten nun zur anderen Seite des Raumes. Dort befand sich eine weitere Tür, die sich nun winkelförmig öffnete.

Im hellen Licht marschierte sie in den Saal. Sie, das war, wer hätte das gedacht, sie, das war, ja, sie war es wirklich. Sie, das war die Frau, die Francesca und ich vor geraumer Zeit in dem Swingerclub getroffen hatten.

Jetzt wurde mir so einiges klar und auch Francesca schien zu begreifen, was hier abging. Bei der Frau handelte es sich um Maria Carne, die Königin des italienischen Fleischmarktes. Hier fand so etwas wie eine Hochzeit statt.

»Willkommen in den 1980ern«, drang es nun aus den Lautsprechern und ein DJ betrat den Raum und begab sich hinter das Mischpult.

Nachdem der Diskjockey eine Scheibe nach der anderen gespielt hatte, schritt Maria Carne ans Mikrophon und begann mit einer Rede, die sich auch an uns richtete:

»Meine lieben Freunde, Frau Fraportini-Langenfeld, Commissario Brusketta«, begrüßte sie die Ganoven und uns, »es ist mir eine Ehre, Sie alle hier und heute begrüßen zu dürfen. Leider werden der Commissario und seine reizende Kollegin ihr geliebtes Venedig nie mehr wiedersehen, denn Sie sind, mit Verlaub, uns etwas zu sehr auf die Nerven gegangen. Sie werden jedoch nun erfahren, wie es in Zukunft auf der Welt weitergehen wird. Und vor allen Dingen, wer uns auf diesem Planeten regieren wird. Und da besteht überhaupt kein Zweifel, dass Italien und Deutschland in allernächster Zukunft eine Vernunftehe eingehen werden. Wer ist schon Amerika, wer sind schon die Vereinigten Staaten von Amerika, wer ist Russland, wer ist die Sowjetunion? Wie wir gesehen haben, sind die Populisten auf dem Vormarsch. Doch lassen wir sie schreien, die Bevölkerung zum Hass aufrufen, das alles kommt uns zugute. Denn wer die Geschicke der Völker leiten will, der braucht Macht. Und Macht besitzt der, der die Bevölkerung mit dem Wichtigsten versorgen kann. Mit Essen und Trinken. Und das Essen haben wir fast im Griff. In wenigen Monaten werden ganze Kontinente froh sein, wenn wir, die Carne-Koslewski-Aktiengesellschaft, ihnen Zugriff auf Lebensmittel geben können. Das kostet natürlich etwas Geld. Viel Geld. Und mit dem Geld werden wir dann auch die Versorgung mit Trinkwasser in unsere Hände bekommen. Und dann gibt es eine neue Zeitrechnung. Das Jahr Null nach den Bordsteintauben. Denn die Tauben sind erst der Anfang und nachts sind alle Katzen grau, wenn Sie wissen, was ich meine. Mein werter Kollege, Django Koslewski, wird ihnen nun anhand einer PowerPoint-Präsentation vorstellen, wie wir uns das weitere Vorgehen vorstellen werden. Django, walte deines Amtes!«

Applaus brandete auf. Als nächstes trat dann der Fleischkönig aus Deutschland an das Rednerpult.

»Liebe Freunde, ich zeige Ihnen nun, wie wir bislang verfahren sind. Im Anschluss daran besteht die Möglichkeit, mit mir über den Beitrag zu diskutieren. Fahren Sie den Projektor hoch, Hans-Adolf«, begann Koslewski seinen Vortrag.

Auf der Leinwand wurden unter anderem die Attentate in Venedig und die Scheinanschläge in Oer-Erkenschwick und im weiteren Ruhrgebiet gezeigt.

Wir erfuhren, dass die zwei Fleischmagnaten ein abgekartetes Spiel getrieben hatten. Wie konnte ich nur so blind gewesen sein? Jetzt wurde mir bewusst, dass es nicht Bürgermeister Ascento war, der die Bordsteintauben von Venedig beseitigen wollte. Vielmehr hatten Carne und Koslewski vor, mit den Tauben Geld zu machen. Im Laufe der weiteren Präsentation wurde gezeigt, wie die Viecher in die Unterwelt Venedigs gelangt waren und auf qualvolle Weise umgebracht wurden. Eine Taube nach der anderen wurde per Rohrpost zunächst hingerichtet, um dann als tote Taube weiter nach Poveglia zur Verarbeitung verbracht zu werden. Dort arbeiteten mehrere Ganoven im Schichtbetrieb. Und dort wurden die Federn gerupft, dort wurden die Tauben zu Chicken-Wings, Chicken-Nuggetts, Hühnerfrikassee und zu Putengulasch verarbeitet.

Dieses Fleisch wurde dann auf die Kreuzfahrtschiffe, die vor Venedig ankerten, verbracht und in aller Herren Länder verschickt, um dort als hochwertiges Fleisch zurück in die Länder geschafft zu werden, in denen Koslewski die Vogelgrippe durch seine Brieftauben, die mit dem Virus infiziert wurden, einschleuste.

Schon bei unserem Trip ins Ruhrgebiet wusste ich nicht so genau, was ich von den Beziehungen Koslewskis zu etlichen Brieftaubenzuchtvereinen halten sollte. Nun war es klar. Brieftauben können mehrere Kilometer nahezu im Blindflug zurücklegen. Warum nicht auch vom Ruhrpott nach Venedig und zurück. Und dann die Tauben mit Vogelgrippe-Erregern auf den Rückflug schicken. Dadurch wurden Hühner, Enten, Puten und Gänse infiziert und mussten gekeult werden. Das bedeutete, dass die Geflügelbestände immer mehr dezimiert wurden. Durch die Taubenschlachterei und das Verarbeiten der Viecher auf Poveglia besaßen Carne und Koslewski als einzige astreines Geflügel. Nur das niemand wusste, dass es sich dabei um die Tauben von Venedig handelte. Aber durch die Verarbeitung zu Formfleisch und mit der richtigen Mixtur an Geschmacksverstärkern konnten aus den fliegenden Ratten Italiens leckere Varianten aus Geflügel hergestellt werden, ohne, dass jemand bemerkte, um welche Art Fleisch es sich hier handelte. Und dieses astreine Fleisch wurde von Carne quasi als 1-A-Geflügel nach Deutschland importiert, wo es aufgrund der Knappheit an Geflügel für teures Geld verkauft werden konnte. Und da Koslewski seine Leute wohl an allen wichtigen Stellen eingeschleust hatte, war es ein leichtes, auch offizielle Behörden zu übertölpeln.

Jetzt wurde mir auch klar, was die Wortfetzen »Vet« und »ick« auf den Containern, die wir im Hafen durchsuchten bedeuteten: »Veterinäramt Oer-Erkenschwick«.

Manchmal liegt das Logische so nah.

Aber die ganze Geschichte hatte ja noch andere Verbrecher auf den Plan gerufen. Ein gutes Geschäft, auch für die Chemiemafia, die natürlich Medikamente gegen diese Art von Virus produzieren ließ. Die Federn, die wir auf dem Kreuzfahrtschiff in den Containern entdeckt hatten, wurden nach Afrika, Indien und Ceylon versandt, um dort in Bettwäsche und Steppdecken als hochwertige Daunen deklariert den Weg zurück nach Italien und ganz Europa zu nehmen. Logistisch alles höchst fein abgestimmt.

Eines musste man den Ganoven lassen, sie waren verdammt gut organisiert. Francesca blickte mich etwas hilflos an. Sie wusste wohl nicht, wie wir aus dieser misslichen Lage herauskommen würden. Ich selbst hatte im Moment auch keine Idee. Vielmehr war ich gespannt darauf, was Koslewski und Carne uns weiter erklären wollten.

Koslewski war ein exzellenter Redner. Er warb für eine neue Aktiengesellschaft und bat die hochrangigen Gäste, die allesamt Dreck am Stecken hatten, um Zeichnung der Aktien, die in den nächsten Tagen auf den Markt gebracht werden sollten.

Aber noch war es nicht so weit. Ich zermarterte mir den Kopf, wie wir uns aus unserer misslichen Lage befreien konnten.

Nach zwei Stunden neigte sich die Veranstaltung dem Ende zu. Maria Carne kam noch einmal auf die Bühne und ergriff Koslewskis rechten Arm und streckte ihn, den Arm nämlich, in die Luft. Koslewski und Carne verbeugten sich noch einmal, um dann wieder im wahrsten Sinne des Wortes in der Versenkung zu verschwinden. Der Saal leerte sich relativ schnell. Ich sah, dass mein spezieller Freund auf uns zuschritt. Im Schlepptau hatte er seine beiden Kollegen, die uns schon bis hierhin begleitet hatten.

»So, schöne Frau«, sprach er meine Kollegin an, »jetzt geht es zur letzten Nacht. Denke dir schon mal ein letztes Stoßgebet aus. Und Bruschetta, du darfst heute noch einmal wählen, was du zum Abendessen bekommen möchtest. Taube, Taube oder Taube? Hahaha! Los, vorwärts!«

Er gab mit einen Schubs ins Kreuz und scheuchte Francesca und mich vor sich her. Die Ganoven mussten ziemlich sicher sein, dass wir durch unsere Handschellen nichts unternehmen konnten, um einen Fluchtversuch zu starten. Doch das sollte sich bald ändern.

Als Franco die Tür zu unserem Verlies aufgeschlossen hatte, war die Gelegenheit für Stufe 12 gekommen. Wie wir es in der Polizeischule gelernt hatten, befreiten wir uns durch den Geheimtrick von den Handschellen und gingen zum Angriff über.

Ich war erstaunt, wie brutal Francesca sein konnte. Als sie den dümmsten der drei Verbrecher beherzt ans Eingemachte griff und ihm seinen Sack mal so richtig lang zog, schrie dieser vor Schmerzen auf. Francesca ließ los und drehte eine Pirouette, die jeder Eiskunstläuferin gut zu Gesicht gestanden hätte, und trat dem Blödmann anschließend voll auf die Nüsse.

Der Dummbatz krümmte sich vor Schmerzen und hielt seine Kronjuwelen fest. Während meine hübsche Kollegin sich schon dem nächsten Halunken widmete, ging ich Franco von hinten an die Klötze. Dreimal kurz, dreimal lang, dreimal kurz. Ich funkte sozusagen SOS mit seinen Eiern.

Zur Unterstützung rief ich beim Ziehen: »SOS, Seemann ohne Sack, Sau ohne Säule!«

Binnen kürzester Zeit hatten wir uns aus den Klauen der Ganoven befreit. Wir scheuchten sie in den Raum, den sie für uns vorgesehen hatten, und schlossen die dicke Eisentür zu. Hier unten würde sie keiner mehr hören. Jetzt war es an der Zeit, wieder ans Tageslicht zu gelangen und die Kollegen in Venedig zu kontaktieren. Es war zwar ein langer Weg, aber irgendwie hatten wir es dann doch wieder bis in den Eingangsbereich des Schlosses geschafft. Wir mussten aufpassen, dass uns niemand bemerkte.

Francesca blickte mich ängstlich an.

»Hoffentlich ist die Tür nicht verschlossen, Lorenzo«, sagte sie und griff an die Klinke. Und tatsächlich, wir hatten Glück, die Tür öffnete sich winkelförmig. Als wir das Waffenmuseum verlassen hatten, atmeten wir erst einmal tief durch. Denn jetzt musste alles ganz schnell gehen. Ich griff sofort zum Handy und wählte die Nummer unseres Kommissariats. Am anderen Ende der Leitung meldete sich eine Stimme, die ich sogleich als die vom Kollegen Motta erkannte.

»Lorenzo?«, fragte er, »wo zum Teufel bist du? Und was ist mit Francesca. Seid ihr wohlauf? Wir haben versucht eure Spuren zu verfolgen, aber wir konnten nicht erfahren, wohin es mit euch gegangen ist.«

»Mein lieber Motta«, erwiderte ich, »ihr müsst sofort den SISMI informieren, ruft bei Innenminister Zuppa an, die Grenzen sollen dichtgemacht werden. Ich befürchte, dass die Ganoven schon bald versuchen werden, das Land zu verlassen. Wir befinden uns in San Marino. Direkt unterhalb der Festung. Wir halten uns vor dem Cesta-Wehrturm versteckt. Und jetzt reich mich bitte schnell an Stupido weiter. Ciao, Luigi.«

Kurz darauf hatte ich meinen Chef an der Muschel. Dann ging alles sehr schnell. Kaum hatte ich das Gespräch beendet, da fuhren zwei große Limousinen den Berg hinab. Mit quietschenden Reifen bogen sie auf die kleine Zufahrtsstraße in Richtung Flughafen Aeroporto di Rimini-Miramare »Federico Fellini«.

Mit anderen Worten, unsere Spezis versuchten das Weite zu suchen, kann man ja versuchen, denn Versuch macht kluch oder so ähnlich. Ich blickte mich nach einem Fahrzeug um. In einer Einfahrt vor dem kleinen Café stand ein alter Fiat 500, wahrscheinlich noch aus den 1960er-Jahren stammend. Ich rüttelte an der Tür, die darauf aus der Halterung rutschte und das Wageninnere freigab.

»Los, Francesca«, schrie ich, »steig ein, die Schurken dürfen nicht entkommen.«

Wie ich es in der Polizeischule gelernt hatte, war es für mich ein Leichtes, den Wagen kurzzuschließen. Und der Oldtimer zeigte, dass er durchaus noch in der Lage war, uns einigermaßen schnell voranzubringen. Ich schaltete in den zweiten Gang und beschleunigte den Wagen auf 80 Stundenkilometer. Als ich dann im dritten Gang auf 120 beschleunigte, röhrte der Motor wie ein Hirsch in der Brunft.

Bis zum Flughafen waren es von San Marino aus gut und gerne fünfzehn Kilometer. Und die Ganoven hatten einen kleinen Vorsprung. Wenn sie dort eine Privatmaschine stationiert hatten, wären sie natürlich im Vorteil gewesen. Ich hoffte also, dass sie per normalem Flieger starten wollten. Francesca telefonierte in der Zwischenzeit mit der Polizeistation in Rimini und anschließend mit dem Flughafenmanager.

Als ich in den Rückspiegel schaute, sah ich, dass uns drei mit Blaulicht blinkende Polizeiwagen folgten. Mit letzter Kraft schaffte unser Fiat auch noch den letzten kleinen Anstieg und fast parallel dazu parkten auch die Polizeifahrzeuge in der Vorfahrt zum kleinen Flughafen. Wir legitimierten uns bei den Kollegen von der Polizeistation Rimini und beschlossen, den Flughafen systematisch zu durchkämmen. Dass ein Teil des Flughafens auch dem italienischen

Militär diente, was ich bis zu diesem Zeitpunkt noch nicht wusste, war sehr überraschend und machte uns einen Strich durch die Rechnung. Denn Polizei und Militär unterstehen einerseits dem Innenministerium und andererseits dem Verteidigungsministerium.

Der Innenminister war jedoch nicht telefonisch zu erreichen. Und der Part des Airports, der dem Militär diente, war hermetisch abgeriegelt. Was ich befürchtete, trat dann auch ein. Aufgrund der guten Beziehungen zur Politik hatte Maria Carne praktisch auch Zugriff auf mehrere Mitarbeiter der Ministerien. Wer dachte, dass die Mafia in Italien ausgestorben sei, der irrte gewaltig. In nahezu jedem Ministerium arbeiteten Leute, die den Ganoven hilfreich sein konnten.

Als wir vor dem mit Natodraht versperrten Eingang zum Militärflughafen standen und uns auswiesen, ernteten wir vom diensthabenden Offizier nur ein müdes Arschbackenrunzeln, so in etwa sah sein Gesichtsausdruck aus. Keine Chance. Hier kamen wir nicht durch, ohne Gewalt anzuwenden.

Blieb uns nichts anderes übrig, als auf den Innenminister zu setzen, der den Verteidigungsminister aber erst erreichen musste. Wertvolle Zeit ging so verloren. Der militärische Teil des Flughafens war bis in die 1990er-Jahre als Waffenlager und Stützpunkt für nahezu ganz Italien genutzt worden. Gerüchten zufolge sollten hier sogar Atomraketen gelagert gewesen sein. Mich überkam ein ungutes Gefühl. Was wäre, wenn diese Atombomben immer noch in irgendeinem Keller gebunkert würden? Dem Verteidigungsministerium in unserem Land traute ich fast alles zu. Aber diese dunklen Gedanken hieß es jetzt erst einmal abzulegen.

Vielmehr mussten wir Koslewski, Carne und Co. daran hindern, das Land zu verlassen. Mittlerweile war auch der Duce mit seinen Männern vom SISMI eingetroffen. Der Eingang des Militärflughafens glich einer belagerten Primark-Filiale vor Öffnung der Türen zum Sommerschlussverkauf. Es herrschte eine angespannte Stimmung.

Ich telefonierte, der Polizeipräsident von San Marino, der auch eingetroffen war, telefonierte. Francesca telefonierte mit dem Duty-Free-Shop bezüglich einer bestimmten Parfummarke und ich telefonierte mit Stupido, der sich zusammen mit Motta und Katapultini auf der Autobahn befand. Sie sollten in wenigen Minuten eintreffen.

Auf dem hinteren Teil des Flugplatzes vernahm man nun das Geräusch von sich drehenden Rotoren. Der Chef der Polizei von San Marino klärte mich auf, dass das italienische Heer hier mehrere Hubschrauber und gar Transportzeppeline stationiert habe. Hinter vorgehaltener Hand wurde immer mal wieder berichtet, dass sich einer der wenigen Prototypen von Riesenzeppelinen mit fast 8000 PS, die Lasten bis zu 160 Tonnen transportieren können, hier befand. Andere Gerüchte sprachen auch von Transportballonen, die auch einiges an Warengütern transportieren können. Gesehen wurden beide jedoch noch nicht.

Ich war mir relativ sicher, dass Carne und Koslewski sich per Heli verabschieden wollten. Stupido und unsere Kollegen aus Venedig waren auch eingetroffen. Wir standen alle ziemlich ratlos vor dem Eingang zum Militärbereich. Immer wieder versuchte Stupido den Innenminister zu erreichen. Aber er war nicht zu bekommen. Die Zeit lief uns davon.

Wir konnten auch keine Gewalt anwenden, denn das Militär würde kurzen Prozess mit uns machen. Der Polizeipräsident von Rimini griff auch noch einmal zum Hörer, um einen Verantwortlichen im Verteidigungsministerium zu kontaktieren. Aber auch dort war keiner erreichbar. Die Hubschraubergeräusche wurden immer lauter. In der Ferne war ein großer Militärhubschrauber vom Typ Agusta A129 zu sehen. Es wurde windig, denn der Schrauber hob ab. Direkt über unseren Köpfen hinweg setzte er sich in Richtung Venedig in Bewegung.

»Scheiße, verdammt noch einmal«, tobte Stupido, »jetzt sind sie uns entkommen.«

Kaum hatte er die Worte zu Ende gesprochen, kam erneut Unruhe im Militärbereich auf. Wir konnten ein permanentes Summen, das immer näher kam, vernehmen. Und jetzt war auch klar, woher dieses Geräusch kam. Aus einer riesengroßen Halle hinter dem Hangar kam ein Luftschiff zum Vorschein, das ich so noch nie gesehen hatte. Tatsächlich, als es auf uns zurollte, konnte man erst sehen, wie wahnsinnig groß das Teil war. Ein sogenannter Cargolifter, den es eigentlich gar nicht geben konnte. Denn vor zig Jahren hatte der Anbieter dieser Transportschiffe Insolvenz anmelden müssen, bevor ein derartiges Flugobjekt in Betrieb genommen worden war. Und dieses Riesending setzte sich in langsamer Fahrt in Bewegung, um etwas später fast lautlos in den dämmernden Abendhimmel zu entschwinden.

Unsere Luftwaffe war immer mal wieder für eine Überraschung gut. Leider wurden sie heute selber überrascht. Von Maria Carne und Django Koslewski.

General Benito Marinossa vom SISMI Geheimdienst hatte endlich Innenminister Zuppa erreichen können. Als wir uns gerade zwecks Lagebesprechung in die Halle des zivilen Flughafens zurückziehen wollten, klingelte Stupidos Handy. Er trat ein paar Schritte zurück, um in Ruhe telefonieren zu können. Nach einer knappen Minute war er wieder bei uns.

»Entschuldigen Sie bitte«, sagte er, »das war der Verteidigungsminister. Er hat sich mit Zuppa zusammengesetzt. Die Lage ist ernst. Ministerpräsidentin Isabella Salsiccia persönlich hat mit Bundeskanzlerin Rippspeer aus Deutschland telefoniert. Man ist zu dem Entschluss gekommen, die Ganoven notfalls abzuschießen.«

Wenig später meldete Zuppa Vollzug. Der Hubschrauber wurde von einem Abfangjäger der italienischen Luftwaffe gestellt und zur Landung gezwungen. Aber welch Überraschung. Carne und Koslewski endeten nicht wie Bonny und Clyde. Denn sie waren gar nicht an Bord.

Doch das war sicherlich noch nicht das Ende, denn das Böse ist immer und überall. Jetzt war aber erst mal Schicht im Schacht.

Stupido resümierte: »Wir können hier nichts mehr tun. Leute, lasst uns nach Venedig zurückfahren.«

Während der Rückreise blickte ich immer mal wieder in den Himmel. Und kurz bevor wir Venedig erreicht hatten, sah ich über uns das Riesenluftschiff. Es musste sich jetzt direkt über dem Markusplatz befinden.

Starker Lärm zerriss uns fast die Trommelfelle. Obwohl ich selber Schlagzeug spielte, kamen diese Beats nicht gut rüber. Aus dem Norden rauschte eine Abwehrrakete durch den Abendhimmel. Sekundenbruchteile später zerbarst das Riesenluftschiff mit einem ohrenbetäubenden Knall. Tonnenweise Taubenfedern rieselten leise auf die Lagunenstadt nieder.

Als wir vor dem Kommissariat standen, war Venedig in eine grau-weiße Federpracht eingehüllt. Hier und da gurrte eine der wenigen Tauben, die es hier noch gab. Ein paar Schwalben turtelten. Die Glocken läuteten, eine Gondel glitt lautlos durch den Kanal, Stupido genehmigte sich eine Prise, Francesca sprühte sich mit einem neuen Duft ein und Motta popelte wie immer teilnahmslos in seiner Nase herum. Der Straßenmusiker Ciriaco Fritzpatrick saß nackt am Ufer und seine Beine baumelten im Wasser. Leise summte er »Una Paloma blanca«.

Ein Flugzeug mit einer Werbebanderole im Schlepptau glitt über unserer wunderschönen Stadt der Sonne entgegen. Auf dem Werbebanner stand geschrieben: »Domani e un altro giorno!«

Plötzlich klingelte mein Telefon: »Bruschetta? Neues Spiel, neues Glück?«

Achtlos warf ich mein Smartphone in den Kanal.

Besonderer Dank geht an:

Ursula Jennemann-Henke, Dr. Ulrike Schlieper-Müller, Margrid F. Gantenberg, Josip Bulczazck, Mama Henke.

Dank geht auch an:

Anne Behrenbeck & Team (LiO - Lesebühne im Oveney / Haus Oveney), Beatrix Schulte-Gimmerthal, Petra & Rolf (Cheese in Langendreer), Ilse & Hans (Bochumer Kulturrat), Klaus und Ulli (ohne euch keine Lesebühne), Blumenladen Joanita Kulbe (Bochum), Harald & Anne.

Grüße gehen an:

Heike, Thomas, Luca, Linda & Mogli, Susanne, Brigitte & Annette, Nadine & Ernst (Zofingen), Bolle, Ralf & Olly (Biercafe Bochum), Jürgen Riering (Leseinsel Bochum), Manni Wrobel (Mülheimer Lesebühne), Angelika & Robinson (Zauberkasten Bochum), Esther Münch, Heike & Ede (Maschinchen Buntes, Witten), Julia & Ricarda (Ex-Cafe' Alte Drogerie), Utz, Nock (Management Bayern und mehr), Jürgen von der Lippe, Carolin Kebekus, WDR Köln, die Inseln (Lanzarote und Azoren) und an alle, die ich mit Sicherheit vergessen habe.

Der Autor

Juckel Henke spielte bis 1971 als Amateurfußballer beim *VfL Bochum* (danach stieg der Verein direkt in die 1. Fußball-Bundesliga auf).

1981 gründete er das Bochumer Kabarett *Dudeljöh Company*.

Er arbeitete zwölf Jahre als Allzweckwaffe in der Schallplattenbranche (Einpacker, Auspacker, Importeur, Exporteur, Marketingfritze).

Anschließend war er für einen Monat als Telefonverkäufer in einer Handelsagentur tätig (größter Erfolg: Verkauf von 100.000 Gartenzwergen an einen großen deutschen Discounter).

Seine darauf folgende Karriere als Röhrenjeans-Model beendete er auf eigenen Wunsch.

Juckel Henke produzierte in einer Essener Werbeagentur 19 Jahre lang als *Projekt-Manager* Kundenmagazine im Gesundheitswesen und ist zurzeit als freier Kulturschaffender, Journalist, Kabarettist, Autor und Moderator unterwegs.

Henke ist Autor und Sprecher von mehr als 1.500 Glossen und Radio-Comedys.

Weitere Veröffentlichungen:

Wer möchte denn schon wie Herr Münch hausen? -
Lügengeschichten von Juckel Henke

2015 bei Books on Demand / ISBN: 978-3-7386-0809-0

Hedwigs Mann war kurz Maler –
30 komische Geschichten

2012 bei Books on Demand / ISBN: 978-3-8482-1294-1

Beate hatte ein Überbein –
und sie tanzte den Langsamen Walzer zu schnell

2011 bei Books on Demand / ISBN: 978-8423-2836-5

Frauen, die nach Schinken stinken
herausgegeben von Vito von Eichborn,

2009 in der Edition BoD, bei Books on Demand /
ISBN: 978-3-8370-5333-3

Sonz war ja nix - ich bin weg!!!
Ein Glossensammelsurium
Texte von Ursula Jennemann-Henke & Juckel Henke

1997 bei: 999 Verlagsgesellschaft in Essen, / vergriffen (ab und
zu im Antiquariat erhältlich)

http://www.juckel-henke.de
post@juckel-henke.de

Wer möchte denn schon wie Herr Münch hausen?

Lügengeschichten von
Juckel Henke

215

Hedwigs Mann war kurz Maler

30 komische Geschichten von Juckel Henke

herausgegeben von Vito von Eichborn

Edition BoD

Juckel
Henke **Frauen,**
die Schinken
nach
stinken

Die ungeheuerliche Geschichte
von Sylvias Aufstieg und Abstieg
und vom Kampf um die Weltherrschaft

BEATE HATTE EIN ÜBERBEIN

- und sie tanzte den Langsamen Walzer zu schnell

EIN ROMAN VON JUCKEL HENKE

HEINZ KOWALLEK

Sonz war ja nix, ich bin weg!!!

Ein Glossensammelsurium mit Texten von
H.-Gerd Henke und Ursula Jennemann-Henke.
Illustrationen von Christine Nikolai.

999 Verlagsgesellschaft

Dieses Buch war:

Sehr gut ☐

Herausragend ☐

Phantastisch ☐

Mega ☐

Spannend ☐

Packend ☐

Weltklasse ☐

Hammer ☐

Geil ☐

Schön ☐

Knorke ☐

Spitze ☐